「好き。あなたが、好きよ」
眠っていることを確認してから、
小さくそう呟く。
悲しくなんかないのに、
涙が零れ落ちた。

マルティ
守護者の選出者候補のひとり。
知識が豊富で、守護者制度
そのものの改革を目指している。
優衣
守護者の選出者候補として
ジェイドに召喚された。
恋愛なんて興味がなかったのに、
魔族を誘惑して味方に
つけるよう命じられてしまう。
ミルーティ
守護者の選出者候補のひとり。
優衣に嫌味な態度をとる。

ジェイド・ロドリューン
優衣を召喚した魔導師。
外見は理想の王子様のようだが、
中身はとても自分勝手。
ティラ
ジェイドの侍女。
彼に絶対の忠誠を誓っている。
ルシェー
火竜族の血を引く青年。
魔族の力と人間らしい
優しさを持つ。

「優衣、愛している。
もう二度と離さないから、覚悟しろ」
甘い束縛に、優衣は微笑む。
「大丈夫。絶対に離れないから」

私を召喚した（無駄に美形な）イジワル魔導師に、いつのまにか溺愛されているのですが!?

櫻井みこと

イラスト
samo*cha

contents

illust samo*cha
design たにごめかぶと(ムシカゴグラフィクス)
editor 庄司智

プロローグ

　じんわりと汗が滲《にじ》む。

「……暑い」

　首に掛けたタオルで汗を拭いながら、優衣《ゆい》は扇風機の前に座って思わずそうつぶやく。言葉にしても解決しないのはわかっているが、それでも言わずにいられない。

（今年の夏って、ちょっと暑すぎる……）

　太陽はもう沈んでいるのに、昼間の熱気がまだ部屋の中にしっかりと残っていた。

　ひとり暮らしの狭いアパートの中では、古いデザインの扇風機が低い音を出しながら回っている。でもこの暑さでは、無駄に部屋の中の熱をかきまわしているだけだ。

（でも会社の中は涼しいのよね。この温度差がなかなかきついなぁ）

　社会人になってから、まだ半年。

　仕事を覚えるのが精一杯で、休みの日にも遊ぶ暇などなかった。

　もう半年もすれば仕事にも慣れ、心にも体にも余裕ができる。先輩たちもそう言っていたし、それを信じて今日もなんとか一日の業務をこなしてきた。

「それにしても、暑いよ……」

　まとわりつく長い黒髪をひとつに結び、少し日焼けした手足を投げ出すようにして座り込んだ。

扇風機の角度を変えようとした瞬間、部屋にある大きな鏡にだらしない姿が映る。それを見て、さすがに反省した。

いくらひとり暮らしでも、年頃の女性としてこの格好はない。

明日から気をつけようと心の中で思う。

今日はとても暑いし気力もないから、明日からだ。

「窓、開けたら少しは風が入ってくるかなぁ」

力なくそう言ってみるが、そうするつもりはなかった。網戸もないこの部屋では、窓を開けたりなんかしたら、たちまち虫が集まってくるに違いない。

（虫、ちょっと苦手なのよね）

ひとり暮らしでは、苦手でも自分で対処するしかないのが悲しいところだ。結局暑さに耐えることを選び、扇風機の設定を強にしてみる。

ごおおお、と軋《きし》んだような耳障りな音が響いた。

しばらくそのまま風を浴びていたが、じわりと身体《からだ》を包む不快感に耐えきれなくなり、立ち上がる。

「何か冷たいものでも飲もう……」

仕事の帰りにコンビニで買ってきたペットボトルの緑茶が、冷蔵庫にあるはずだ。

ふらふらと歩き、電気も点《つ》けずにキッチンへ向かう。

実家から持ってきた小さめの冷蔵庫はかなり年季が入っていて、扉を開くのに少し力を込めなければならない。

「よいしょっと」

がちゃり、と大きめの音がして冷蔵庫が開く。

ペットボトルを取りだそうとして手を伸ばした。

「あれ？」

だが、目当てのものはその中にはなかった。

お茶だけではない。明日の朝食用に買ってきたパンも、作りすぎて残してしまった夕飯のおかずも、何もない。慌てて立ち上がり電気を点けてみると、中身はすべて無く、あるべきはずの仕切り棚もない。

ただ真っ黒な空間に、ぽつんと光が見える。

「え？　何これ？」

きっと暑さで、思考能力がかなり落ちていたのだろう。

だからか、優衣にはその小さな光がとても魅力的なものに見えていた。触れずにはいられなくなって、無意識にその光に向かって手を伸ばす。

もう少しであの光に手が届く。

そう思った瞬間。

小さな光がまるで蛇のように動いて腕に絡まり、強く引かれる。

「きゃあっ」

それはあまりにも強い力だった。

振《ふ》り解《ほど》くこともできずにそのまま引《ひ》き摺《ず》られる。小さな冷蔵庫はブラックホールにでもなったかのように、優衣の身体をすべて飲み込んだ。

「！」

どんなにもがいてもまるで釣り上げられた魚のように、光は腕から離れない。

足に引っかけていたスリッパだけを残して、その身体がすべて中に消えたあと、冷蔵庫はひとりでに閉じてそのまま沈黙した。

第一章　理不尽な召喚

真っ暗で、なにも見えない。

そう思ったのは、ほんの一瞬のことだった。

ふわりとした浮遊感が身体《からだ》を包み込み、それから急激に落下する。

（ひゃああっ）

浮遊感は思っていた以上に長く感じた。いったいどこまで落ちるのかと不安に思った途端、腰に強い衝撃が走る。

「いたあっ」

あまりの痛みに涙目になりながら、優衣《ゆい》は腰をさすった。

「うう、痛い。……あれ、涼しい」

風が吹いていた。

扇風機の風とは違う自然の風だ。少し前まであんなにも暑かったはずなのに、身体に吹くその風は冷たくて心地好《ここちよ》い。

思わず腰の痛みも忘れて立ち上がり、左右を見回す。

（ええと……。私、さっきまで自分の部屋にいたはずよね。ここは、どこなの？）

ほんの少し前まであまりにも暑すぎて、部屋でぐったりとしていたはずだ。

それに沈んだはずの太陽が頭上に昇っていて、黒い影を地面に映し出していた。その地面もコンクリートなどではなく、青々とした草が生い茂っている。

そして。

（影がふたつ？）

地面に映るその影は、優衣のものだけではなかった。

背後に誰かいる。

「だ、誰？」

優衣は振り返り、怯《おび》えを隠して声を張り上げる。

そこに立っていたのは、金色の髪をした青年だった。

透き通るような白い肌をしている。

丈の長い黒のローブのようなものを身にまとい、深い海のような藍色の目をしていた。

その目が、まっすぐに優衣を見つめている。

（うわぁ……）

腰の痛みや、見知らぬ場所に出てしまった不安。そんなことをすべて忘れてしまうくらい、彼は綺麗《きれい》な顔をしていた。

だがその表情はかなり険しい。

いくら美形でも、不機嫌そうに顔をしかめている彼に話しかける気になれず、優衣はそれ以上何も言えずに戸惑う。

（えっと、どうしよう……。ここがどこなのか、聞いてもいいかな……）

「ああ、ようやく釣れたな」

（え、何を？）

不思議な言葉に思わず顔を上げると、抵抗する暇もなく強く腕を引かれた。そのまま抱え上げられて、思わず悲鳴を上げる。

「きゃっ、ちょっと！」

初対面の男性にいきなり抱き上げられるなんて、たとえ相手が見たことがないくらいの美形でも遠慮したい。驚いて逃げ出そうとするが、優衣を抱く腕は見た目以上に力強く、びくともしなかった。

「は、離して！」

どんなに暴れても叫んでも、彼は顔色ひとつ変えない。もちろん、優衣の質問に答えてくれることもなかった。

さらに腕の中にいる優衣の混乱をまったく無視したまま、彼は歩き出した。

（どうしよう、このまま連れ去られたら……。何とかして逃げないと！）

必死に逃れようとして暴れ続けた。

「下ろして！　人さらい！　私をどうしようっていうの！」

思いきり叫び続ける優衣に、彼は大きく溜息《ためいき》をついて立ち止まった。

「うるさい。そう暴れるな。歩きにくい」

「うるさいって……」

いくら何でもひどすぎる。

もう一度大声を出してやろうかと思ったところで、ふいに身体が下ろされた。そのまま走って逃げようとすると、またすぐに腕を摑《つか》まえられる。

「やだ、離して！」

「離してもいいが、ここは危険だぞ？」

「え、危険？」

思わず動きを止めて、おそるおそる周囲を見渡す。見知らぬ場所なだけに、危険だと言われると途端に恐ろしくなる。

（見渡す限りの草原……。もしかして蛇がいるとか？　それとも危険な獣が……）

びくびくとしながら周囲を見渡していると、彼は問いかける。

「お前、名前は？」

「優衣」

素直に答えてしまい、自分の迂《う》闊《かつ》さに顔をしかめる。

「優衣か。どこの国の生まれだ？」

「どこって……日本？」

あまりにも当たり前の質問に、思わずまた答えてしまっていた。だが彼は、優衣が日本だと言うと、考え込むような顔をする。

「異世界にある国のひとつか。ならばお前は、異世界の出身だな？」

「異世界って言われてもわからないけど、日本出身なのはたしかよ。それよりここはどこなの？　あなたは誰？」

問い返すと、彼は優衣を見つめた。

本当に見た目だけならば、お伽話《とぎばなし》に出てくる王子様のようだ。

（見た目だけは、ね。いきなり人のことを攫《さら》おうとしたり、うるさいって言ったり……。かなりひどい人だけど）

外見がとても好みなだけに、残念だと思う。

「世界はいくつも存在している。異世界では、世界が複数あるということはほとんど知られていないと聞いてはいたが、事実のようだな。俺はジェイド。ティーヌ王国の魔導師だ」

ジェイドと名乗ったその男は、ゆっくりと手を伸ばして優衣の黒い髪に触れた。

「異世界での釣りはあまり成果が良くないと言われているが、当たりだったな。若い女、しかも黒髪の女性が釣れるとは」

その嬉《うれ》しそうな口調に、先ほどの彼の言葉を思い出す。

（つ、釣れたって、あれって私のこと？）

ほんの少しだけ、釣られた魚の気分になることができた。

これはなかなか、貴重な体験かもしれない。

（そんなことはどうでもいいの、それより……）

低下した思考機能はまだ回復していないようだ。優衣は何度か首を振り、ジェイドに向き直る。

「あの、ここはどこですか？　家に帰りたいんですけど」

突然、世界はひとつではないと言われても、素直に頷《うなず》くのは無理だ。

でもここがどこかもわからない場所で、尋ねることができるのはこの人しかいない。だから一番気になることを聞いたのに、彼の答えは簡潔だった。

「自力では無理だな」

「あなたなら、私をもとの場所に戻せるの？」

「目的があって釣り……、異世界召喚を実行した。だから俺の目的を果たした後になら、そうしてやってもいい」

「そんな。明日も仕事なんです。すぐに帰してください」

「俺の目的を達成したらな」

「……」

「……」

自らの要望だけを口にして、こちらの事情は聞こうともしない。外見だけはまるで理想の王子様のようだが、中身はずいぶん自分勝手らしい。

（どうしよう……）

優衣は途方に暮れる。

どうあっても彼は引き下がりそうにないし、あまり否定し続けて、危険だというこの場所に放り出されても困る。

金色の髪をした自称魔導師の男が目の前にいたからといって、さすがにここが別世界であることを鵜呑《うの》みにするわけではない。

でも、ひとりで帰れるような状況でもないのは理解していた。

「ええと、私に何をさせたいの？」

彼の目的が簡単なものならばいいと、そう願いながら優衣は尋ねる。

「簡単だ。魔族を誘惑して支配し、この国の守護者にすればいい」

「……はい？」

「魔族を誘惑して支配し、この国の守護者にすればいい」

魔族とか、誘惑とか聞こえたのは気のせいだろうかと思って聞き返すと、先ほどとまったく同じ言葉が返ってきた。

残念なことに、気のせいではなかったらしい。

「あの、ジェイド、さん？」

「何だ？」

「まずこの世界のことと、私が呼び出された理由、そして魔族が何なのか教えて頂けませんか？」

もう頭の整理がつかないなどと言っている場合ではない。

無理矢理にでも整理をつけて、自分の置かれた状況を理解しなければならない。

「……面倒だな」

それなのにあからさまに面倒そうな顔をした目の前の男に、ものすごく殺意が湧いた。

豪奢《ごうしゃ》な金色の髪が陽光に煌《きら》めいている。

背はすらりと高く、色白ながらも男性らしい体つき。雄大な深い海を思わせる色の瞳は、強い光を宿して優衣を見つめていた。

まだ少女だった頃、好きだったお伽話の王子様のような姿だ。成長し、身近にいる異性を意識するまで、ずっと憧れていた理想像。

（でも私の理想の王子様は、こんなに性格が悪くなかったわ……）

自分の要求だけを述べ、こちらの要求には露骨に面倒そうな顔をする王子様に焦がれる少女などいない。

やはり美形は、見ているだけが一番幸せなのかもしれない。

「それで？　何を聞きたい？」

仕方がないという態度は少し……いや、かなり腹立たしかったが、この機会を逃したらもう教えてもらえないかもしれない。

深呼吸をして心を落ち着けると、優衣は尋ねた。

「異世界とか何とか言っていたけど、ここはどこなの？」

「……同じことを何度も言うのは無駄だと思うが、理解することができないようだから、もう一度言おう。ここはお前の住んでいた世界とは別次元にある世界だ。ティーヌ王国という。理解しなくてもいいから、そう覚えろ」

（や、やな感じの言い方だわ）

顔を引きつらせながらも、優衣は感情を押し殺して言葉を続ける。無礼な相手にいちいち怒っていても仕方がないと、職場の先輩も言っていた。

「それで、私は……」

「お前に何をさせたいかというのも、さっき言った通りだ。魔族を誘惑して味方につけ、この国の守護者としての契約を結ばせることだ。それも、一刻も早く。ここ最近、ティーヌ王国では魔族の襲撃が続いている」

「魔族って、何ですか？」

「人を襲い、殺す存在だ」

「そんな……」

悪魔のような恐ろしい存在を、どうやって誘惑しろというのか。しかもそれをやらないと、もとの世界には戻してもらえないという。

（なんであのとき、手を伸ばしちゃったんだろう……）

どんなに嘆いても過去には戻れないとわかっているが、それでも頭を抱えずにはいられなかった。

「そう悲愴な顔をするな。何も、絶対に不可能なことをやれと言っているわけではない。魔族といっても人間と変わらない容姿の者もいるし、こちらに友好的な者もいる。人との恋愛も実際にあることだ」

「そ、そうなの？」

「ああ。この世界では、各国に守護者というものがいる」

　ジェイドはそう言うと、守護者について説明しだした。

「もともとは人間の女に恋をした魔族の男が、国ごと彼女を守ったのが始まりらしい。ティーヌ王国は、守護者によって魔族による被害が格段に減った。その後も長く栄えたことから、それに倣って今では各国に守護者が存在している」

　そして近年では、守護者の強さによって国の優劣までも決まると彼は言った。つまり他国より強い者に守護の契約を結ばせた国が、優位になるものらしい。

「この国では今までの守護者がいなくなってしまったから、何としても新しい守護者が必要だ」

「どうして、そんな役目を私に？」

　たしかに守護者というものは、この国を守るために重要なもののようだ。

　でもこの国どころか、この世界の出身でもない優衣には、あまり関わり合いのないことだ。薄情かもしれないが、どうしてそんなことをしなければならないのかと思ってしまう。

「魔族好みの容姿をしているからな。魔族は黒髪の女性を好む。だが、この国にはいない。だからといって他の国の人間を連れてきたら、国際問題になる。守護者が替わる時期に、他国と問題を起こすわけにはいかないからな」

　つまり、この国に魔族好みの人間がいないから、他から連れてこようと思った。でも他国の人間を連れてきたりすれば、国際問題になる。

だから異世界から連れてきた、という理由らしい。

「でも私には無理だわ。魔族を……、その、誘惑なんて」

言いたくはないが、女として生まれてから十九年。

彼氏など一度もできたことがない。

女子校育ちで出逢《であ》いがなかったのも事実だったが、それほど興味がなかった。彼氏などいなくても、人生は充分楽しめる。

(……負け惜しみっぽく聞こえるのが、ちょっとあれだけど)

「そうだな。無理に押し付けるわけにはいかないな」

初めて、彼は笑みを見せた。

だがそれはさわやかと呼ぶにはあまりにも胡散臭《うさんくさ》すぎて、思わず数歩後退《あとずさ》って、距離を取る。

「快く協力してもらえないのなら、仕方がない。他を探すことにする」

だが彼は、思ってもみなかった言葉を口にした。

「え、じゃあ私は帰らせてもらえるんですか？」

この国を守るために協力できないのは心苦しいが、きっと他にも適任者はいる。そんな思いでジェイドを見ると、彼は不思議そうに首を傾《かし》げる。

「いや？」

「えっ？」

「目的を果たしてくれたらと言ったはずだが」

　結局、協力しなければ帰してくれるつもりはないらしい。

（な、なんて人なの……）

　文句のひとつでも言いたくなるが、あまり強固に拒み続けたら、本当に置いて行かれてしまうかもしれない。

　ここは危険だと、彼も言っていた。

「でも今度は守護者を選んだから帰さない、なんて言わない？」

「大丈夫だ。守護者と契約さえ結んでしまえば、もう用はない」

（うわぁ……）

　なんてひどい言い方だと憤りそうになるが、いてほしいと言われても困る。

「……わかったわ。できるかどうかわからないけど、努力だけはしてみる」

　どうしたらいいか考えたが、そう答えるしかなかった。

　ジェイドはそれを聞いて、満足そうに頷く。

「ならば説明は終わりだ。急ぐぞ。もうすぐ審議会が始まる。急がないとその格好のまま大勢の前に出ることになるが、それでもいいのか？」

「え、これで？」

　簡単な部屋着のままの姿を見下ろして、首を大きく横に振る。

　あまりにも暑かったし、部屋でひとりきりだったのでかなり薄着で、さらに太腿《ふともも》が剝《む》き出《だ》しになってしまうような服装をしていた。

（こ、こんな丈の短い部屋着でいたなんて！）

事態を把握するのに精一杯で、自分がどんな格好をしているかまで頭が回らなかった。意識した途端、恥ずかしくてたまらなくなる。

「と、とにかく着替えをさせてください」

お願いします、と小声で呟《つぶや》いた。

どうして自分が頼まなくてはならないのかと思う。それでも悔しいことに、すべての決定権は彼にある。

そんな優衣の姿に、彼は満足そうに頷いた。

「それならば、ついてこい」

そう言ったジェイドが向かったのは町ではなく、森の中だった。

陽光が遮られるほど枝を伸ばした木々が周囲を丸く囲み、それらが互いに重なり合って天然のドームのような屋根ができている。

珍しくて、思わず立ち止まって周囲を見渡していると、そのたびにジェイドに急《せ》かされる。時間がないと言われたことを思い出して、慌てて彼のあとについていく。

次第に足下は、草を踏み固めた獣道のようなものから、固い煉瓦《れんが》が敷き詰められた、人の手が加わっている道に変わった。

（あ、家がある）

やがて家や畑が点在するようになっていく。

人の住んでいる場所に出たのだろう。

家はどれも平屋で、小さめだ。隣に畑があるところが多かった。

一見、のどかな風景だ。

だが、どの家にも窓と入り口付近には厳重な格子が設けられていた。

（森に近いから、獣対策でもしているのかな。それとも……）

もしかしたら、その魔族というものに襲われないようにするためだろうか。

そう考えた途端、背筋がぞくりとする。そんな様子の優衣に、ジェイドは静かに告げた。

「守護者は他国に対する牽制《けんせい》となるが、一番大切なのは、魔族からこの国を守ってくれることだ。自分より強い者が守護する国を、魔族が襲うことはないからな」

少し改まった口調に、彼の深い懸念を感じ取って俯《うつむ》く。

たしかに、この自然と調和した美しい村が破壊されてしまうのは、あまり見たい光景ではない。

話に聞いただけではなく、こうして生きるために工夫をしている様子を目の当たりにすると、これは夢ではなく現実なのだと自覚し始める。

そして、何かできることがあるのなら。

そんな思いが少しだけ胸に芽生え始めていた。

（もしかしたらこれも、彼の計算のうちかもしれないけどね……）

この性格の悪そうな人ならば、考えそうなことだ。

優衣は、溜息をついた。

目的地は、村から少し離れた場所にあった。

周囲の建物と比べると場違いなくらい大きい家だ。西洋風の綺麗な建物で、家というよりは貴族の屋敷《やしき》と言ったほうがいいかもしれない。

周囲の平和そうな田園風景からは明らかに浮いた存在だった。

優衣は、その屋敷を見上げた。

外壁は白く輝いていて、とても美しい。蔦《つた》の細工が施された細身の門を潜《くぐ》り抜《ぬ》けると、そこには噴水まである見事な庭園が広がっていた。

身長よりも遥《はる》かに高い入り口を潜り抜け、建物の中に入る。すると落ち着いた色合いのシンプルな服装をした女性が、ふたりを迎えてくれた。

「お帰りなさいませ、ジェイド様。お連れの女性は……」

明るい茶色の髪をひとつに纏《まと》め、穏やかな眼差《まなざ》しでこちらを見ている彼女は、三十代くらいだろうか。とても美しい女性だった。

「ああ、ようやく釣れた。ティラ、午後の審議に間に合うように、支度をしてくれ。他に選出者候補は？」

「ふたりです。マルティ様と、ミルーティ様のようです」

「そうか、あのふたりか。ならば、もう勝負は決まったようなものだな」

それを聞いたジェイドは不敵な笑みを浮かべる。そんな彼は国の未来を憂う者ではなく、勝利を確信した権力者に見えなくもない。

（……もしかして私、騙《だま》されている？）

そんな不安が胸をよぎる。

どうも彼を信用することができないのは、出逢って早々に脅されたからか。

それでもティラと呼ばれていた茶色の髪の女性に手を取られて部屋の奥に案内され、浴室に押し込まれてしまえば、もう逃げることはできない。

それにここから逃げ出しても、行くところもないのだ。

「うーん、仕方ない」

衣服を脱ぎながら、優衣は呟く。

もしかしたら、探せばジェイドの他にもとの世界に戻せる者がいるかもしれない。外も安全とは言い難《がた》いようだし、ここは素直に従っておくのが得策か。

そう考えてそのまま浴室に入る。

「わぁ……。温泉みたい」

思わずそんな歓声を上げてしまうくらい広かった。

大きな浴槽にはたっぷりとお湯が張られていて、綺麗な色の花びらも浮かんでいる。向こうの世界で汗をかいてしまっていたので、ゆっくりと風呂に入ることができるのは素直に嬉しかった。

手早く身体と髪を洗い、花の香りがする浴槽に身を沈める。

少し熱めの温度が心地好い。ゆっくりと身体を休めて浴室から出ると、新しい服が用意されていた。もとの服はどこにもない。

「……これを着るしかないってことよね」

手にとって広げてみると、それは絹のような手触りの、とても高級そうなドレスだった。

色は咲き誇る薔薇《ばら》のような真紅で、黒いレースが施されている。

「これって……」

たしかにとても綺麗だが、着てみると想像以上に胸もとが開いている。繊細なレースの間から胸の谷間が見えてしまうほどだ。

「これ、サイズが違うんじゃ」

そう思ってみたけれど、他の寸法は既製品ではないかのようにぴったりだ。

仕方なく、乾かした髪をそのまま垂らして胸を隠す。

今までこんな服を着たことがなかったので、それでも落ち着かず、何度も服装を直していると、扉の向こうから声をかけられた。

「優衣様」

「は、はい！」

反射的に返事をすると、ゆっくりと扉が開かれる。

「着心地はいかがですか？」

「だ、大丈夫です……」

問題があるのは着心地ではなくデザインだったが、それを告げることができずに曖昧に笑うしかない。こういうところはさすがに日本人だと、我ながら思う。

「そうですか。それでは、こちらへ」

導かれるまま浴室を出て、別の部屋に案内される。

そこは明るい陽射《ひざ》しが窓から入り込む、とても綺麗な部屋だった。

茶色の髪の女性は優衣を鏡の前の椅子に座らせると、櫛《くし》で黒髪を丁寧に梳《す》いてくれた。

「……本当に綺麗な黒髪ですね」

心底羨んでいるような声で言われ、何だか恥ずかしくなって俯く。

生まれた場所では、ほとんどの人間がこのような黒髪をしているのだと言ったら、彼女は驚くかもしれない。

髪を結って花の髪飾りをつけてもらう。この花も、服と同じ真紅だった。

黒髪に赤は映えるが、せっかく隠そうと思っていた胸もとが晒《さら》されてしまう。恥ずかしくて、自分の姿を鏡で見ることもできなかった。

(うう……。どうしてこんな格好を)

魔族を誘惑しろと言われたことを思い出して、気持ちが暗くなっていく。

「準備はどうだ?」

そう言いながら、ジェイドが扉を開けて入ってきた。仮にも女性が身支度をしているというのに、ノックひとつせずに。

彼もまた、正装に着替えていて、ますます王子様のようだ。

外見だけなら極上の男だが、残念ながら中身は自分勝手で、こちらの都合など一切考慮してくれない。

そのジェイドは、着飾った優衣の姿をじっくりと眺めている。

「靴はもっとヒールが細いものを。ドレスはそれでいい。髪はもう少し前に垂らせ」

彼の指示で、茶色の髪の女性はてきぱきと優衣の支度を整えていく。

戸惑いながらも、言われるまま細身のヒールの靴に履き替え、髪を結い直した。長い黒髪が前に垂れて、胸もとが隠れたことに安堵《あんど》する。

「よし、それでいい」

支度を終えると満足そうに頷き、ジェイドは手を差し伸べる。

「行くか。王城までは遠いから、魔法で移動する。気分が悪くなるかもしれないが、絶対に手を離すなよ」

まるで姫君のように恭しく手を握られて、思わず頬が染まる。だがそのあとの言葉を聞いて、慌てて握った手に力を込めた。

「待って、王城って、私をどこに……」

問おうとした言葉は途切れ、大きな魔法陣が描かれた広い部屋にいた。

（もう着いたの？）

もちろん、魔法で移動するのは初めての経験だ。

気分が悪くなるかもしれないと言われたので、もっとおそろしいものだと思っていた。でも実際には、気が付けば一瞬で景色が変わっていた。そのことに安堵しながら、周囲を見渡す。

（ここって王城って言っていたよね？）

想像とは違い、この部屋には家具などは何もなく、壁も床もすべて白い。

その白い床の中央に描かれた魔法陣だけが、ほんのりと赤く光っている。そして魔法陣の前には西洋の騎士のような姿をした男がふたり。どちらも腰に剣を差していた。

彼らはジェイドの姿を見た途端、わかりやすく狼狽《うろた》えた。怖がっているようにも見える。王城を守る騎士に恐れられるなんて、彼はどれだけ強いのだろう。

「ジェイド・ロドリューン。国王陛下の許可を得て、審議会に参加する」

その騎士に向かってジェイドがそう名乗ると、彼らは視線をちらりと優衣に向けて頷いた。そして何もない壁に向かって剣を掲げると、そこに扉が出現する。

（え、どんな仕組み？）

目の前の光景に混乱した優衣の手を取って、ジェイドは歩き出す。

細身のヒールでは歩くのも大変で、文句を言う暇もなく彼に従って歩いていた。扉を潜り抜けると、その瞬間に入り口は跡形もなく消滅する。

「これも魔法？」

不思議に思って尋ねると、彼は頷いた。

「ああ、そうか。異世界ではもう魔法は失われているらしいな。今の魔法は、外部からの侵入を防ぐために使われている。審議会が終わったら、ある程度はこの世界のことを説明しよう」

彼が自分から説明しようとするなんて、もしかして相当機嫌が良《い》いのかもしれない。出逢ってからまだほんの数時間だというのに、今までの様子から見るとそう感じてしまう。

（審議会とかが終わるまで、その機嫌が続くといいけどね……）

いざとなったら、あっさり面倒だと言われてしまいそうだ。だが今はそれを信じて、そのままジェイドに導かれて王城を歩く。

王城というならばさぞかし豪奢だろうと想像していたのに、実際は装飾もほとんどなくシンプルな造りだった。これならば彼の屋敷のほうが豪華かもしれない。

クリーム色の絨毯《じゅうたん》の上をしばらく歩いていくと、やがて大きな扉が見えてきた。その扉にも魔法陣が描かれていて、ジェイドはその魔法陣に手を翳《かざ》す。

「ここは？」

「謁見の間だ。奥には国王陛下と王太女殿下。立会人として魔導師イドロ。そして他の選出者候補がふたりいる」

「選出者候補って？」

「守護者を選ぶ者は選出者と呼ばれている。そろそろ審議の開始時間だ。中に入るぞ」

ジェイドがそう言うと魔法陣が明るく光り、扉が自動的に開いた。

（わっ……）

謁見の間というだけあって、さすがに大きな場所だった。天井も高い。

中央には緋色《ひいろ》の絨毯が敷き詰められていて、優衣はその上をジェイドに手を引かれながら歩いていく。

豪奢な絨毯はあまりにもふわふわとしていて、歩きにくい。転ばないようにジェイドに掴まりながらゆっくりと歩いた。

部屋の奥には重々しいカーテンが下がり、その前には玉座がある。そこに座っている初老の男性が国王だろう。若い頃はかなり逞《たくま》しい体型をしていたのではないかと思わせる、がっちりとした威厳のある国王だった。

その隣に座っている若い女性が、王太女かもしれない。国王とは違ってほっそりとした美人で、年はおそらく二十代半ばくらいか。

ふたりの傍《そば》には、魔導師らしい老人の姿。白いひげが顔のほとんどを覆い隠し、漆黒のローブを纏っている。まるで物語に出てくる賢者のようだ。

彼が立会人の魔導師イドロらしい。

直前にジェイドから聞かされていた内容を思い出しながら、ひとりひとりに視線を向ける。

そして国王の前には、ふたりの女性が並んでいた。彼女達が選出者候補のようだ。

（あ、本当に私ひとりじゃないんだ……）

心強いと思うと同時に、それなら自分ではなくてもいいのではないかと思う。優衣は複雑な心境になりながら、そのふたりを見つめた。

ひとりは茶色の髪をした、真面目そうな女性だ。

彼女もまた魔導師のローブを着ていた。王城にある魔法陣といい、この世界には魔法という存在がかなり浸透している様子だ。

もうひとりは鮮やかな緋色の髪をした、派手な女性。

赤い唇に蠱惑的《こわくてき》な笑みを浮かべて周囲を見渡している。王城に不釣り合いな、露出が多めのドレスを身に纏っていた。

そのふたりに対する、優衣の印象は。

（真面目な委員長タイプと、悪役の女性って感じね……）

委員長タイプのほうは憐《あわ》れむように、そして悪役タイプのほうは侮るような目をして優衣を見ている。その視線から察するに、残念ながらどちらともあまり仲良くなれそうにない。

「では審議会を始める。選出者候補は、推薦者と氏名を名乗りなさい。まず、右側から」

優衣を伴ったジェイドが国王の前に進み出て、挨拶をしたことを見届けると、賢者風の魔導師イドロがそう言った。

外見とは違い、よく通る若々しい声だった。

その声に答えたのは、茶色の髪をした魔導師の女性のほうだった。

「はい。マルティと申します。推薦者は師であるスデロージ様です。魔族に関しての知識は、誰よりも豊富だと自負しております。この国のために、身を賭して働くつもりです」

真剣な声だった。

国王も、その隣にいる王太女も神妙な顔をして頷く。

次に名乗ったのは、その隣にいる妖艶な美女だ。

「私はミルーティ。推薦してくださったのは、ギータ王弟殿下です。この国のため、必ず優れた守護者を選んでみせます」

その姿通りに艶《あで》やかな、色っぽい声だった。

次に、全員の視線が優衣に向けられる。

「あ、ええと」

どうやら名乗らなければならないようだ。ちらりと隣にいるジェイドに視線を移した。彼は小さく頷き、促すように優衣の肩に手を添える。

「私は優衣です」

「推薦者は魔導師ジェイドだな？」

イドロの言葉にこくりと頷いた。

（推薦というか、強制的に連れてこられたんだけど……）

訴えて助けてもらえるならと少し考えたが、国王と王太女は思い詰めたような顔をしているし、ふたりの選出者候補もそれぞれやる気に満ちた顔をしている。とても助けてもらえるような雰囲気ではなかった。

「異存がなければ、この三名で守護者選出を始める」

「お待ちください」

イドロの言葉に被《かぶ》せるように声を上げたのは、悪役タイプのほう……。たしかミルーティと名乗った女性だ。

「彼女はどう見ても他国の人間です。他国の者を連れてくるのは禁止されているはず。国際規約違反ではないでしょうか？」

「違反などしていないぞ、ミルーティ」

賢者風魔導師が口を開くより先に、ジェイドは反論する。そして優衣の黒髪を、他の者に見せつけるかのようにさらりと撫《な》でた。

「他国から呼ぶのは禁止されているが、異世界から呼ぶのは禁止されていないだろう？」

「異世界、ですって？」

この言葉に顔色を変えたのは、ミルーティだけではなかった。全員が驚愕《きょうがく》を隠そうともせずに優衣を見つめている。

「そう。彼女は異世界出身だ。この国の現状を話し、協力してもらえることになった」

（きょ、協力って……。そうしないともとの世界に戻さないって脅したくせに？）

思わず声を上げそうになったが、ここで言い返しても彼が考えを変えることがないのは先ほど思い知ったばかり。言葉で反論しても無駄だ。

口は災いのもと。

仕方なく、曖昧に笑うだけに留《とど》めた。

「優衣は異世界の人間だと？」

イドロが確認すると、ジェイドは頷いた。

「それが真実なら、規約違反者はいないようだ。あらためてこの三名で、守護者選出を開始する」

彼はあっさりとジェイドの言葉を受け入れ、そう宣言した。

「三十日ごとに定期報告会がある。選出者候補は、必ず参加すること。守護者が決定した時点で、この審議は終了となる」

それからはいくつか注意事項があった。

国民に被害が出るような魔族を連れ込んではならない。

他の候補者を害するような行動をしてはならない、など。

マルティは真面目そうに誓いますと告げる。

ミルーティは両隣にいるマルティ、優衣を見つめ、わざわざ邪魔をするまでもない、と言いたげに笑う。そして促され、ようやく誓いの言葉を口にした。

「ええ、誓うわ」

（態度がいちいち嫌味な……。さすが悪役）

そんなことを思っていた優衣も、ジェイドに急かされて同じように誓うことになった。

審議会が終わると、マルティ、ミルーティ、そしてジェイドと優衣は謁見の間から退出する。

「お互い、この国のために頑張りましょう」

部屋を出てすぐに、そう言ったのはマルティだった。真面目そうな彼女に優衣も答えようとしたとき、くすくすと笑い声が響く。

ミルーティだ。

「お互い、ねぇ……。魔族と戦うつもりなら、あなたでもいいんでしょうけどね。夢中にさせて守護契約を結ばせるのは、どう考えても無理ではないかしら」

　そして露骨に馬鹿にしたような顔をして、マルティを見つめる。

「まともに男と会話したこともないような女に、魔族を誘惑することができるとでも？」

（うわぁ……。本物の悪役だった。典型的な嫌な女だ）

　外見はとても美しいが、性格はかなり悪いようだ。ジェイドといい、この世界は綺麗な人ほど性格が悪い傾向にあるのかと思ってしまう。

　あまりにも尊大な態度に、見ていられなくて視線を逸《そ》らした。

「なっ……」

　マルティはその言葉に激高してミルーティに詰め寄るが、他の選出者候補に危害を加えたら失格よ、と言われて悔しそうに唇を噛《か》み締《し》めた。

「まぁ、礼儀も知らないような女よりはましだろう」

　さらりとそんなことを言ったのは誰かと思えば、優衣の隣にいたジェイドだった。

（な、なんでわざわざ波風を立てるようなことを……）

　ぎょっとして思わず隣を見れば、彼は不遜な顔をしてふたりの女性を見ている。

「な、何ですって。私が誰に推薦されたと思っているの？」

「ギータ王弟殿下だろう？　最近、若い伯爵令嬢に夢中だそうじゃないか。飽きた愛人を魔族に押しつけるつもりのようだが」

「なっ！」

ミルーティがマルティに投げつけた言葉はたしかにひどかったが、こっちも相当ひどいことを言っている。案の定、ミルーティは顔を真っ赤にして手を振り上げる。

あ、殴るつもりだ、と思った瞬間、景色が変わった。

「え？」

あまりにも急なことで、身構える暇もなかった。くらりと眩暈《めまい》がして、慌てて手を伸ばすと、誰かがしっかりと支えてくれた。

ジェイドだ。

どうやらここは町中のようで、転移魔法で逃げてきたらしい。

「……さすがにアレは、ひどいのでは」

「事実を言っただけだ」

思わずそう言ってみたが、彼はまったく悪びれず、そのまま歩いていく。

こんな町中ではぐれたら大変だ。優衣は慌ててそのあとに続いた。

「それに他に候補がいるのなら、別に私じゃなくてもいいんじゃ？」

選出者候補とやらがふたりもいるのなら、わざわざ異世界から呼び寄せる必要はなさそうだ。だからそう言うと、彼は見惚《みと》れるくらい綺麗な顔をしかめる。

「それだと俺の計画通りに……。いや、あいつらでは無理だ。この国は、前の守護者がいなくなってから、魔族による被害が酷《ひど》かった。だから恐怖が心に染みついてしまっている。そんな国で育った者が、魔族を愛せるか？」

恨みも憎しみもない、お前のように真っ白な心を持った者が欲しかった。

真剣な目でそう言われてしまえば、もう反論することができなくなってしまう。

だが。

（でも今、最初に本音を言っていたような。他の者が選ばれたら自分の計画通りにならないって言いたかったんだよね？）

不審に思って見つめると、あきらかに誤魔化しているとわかるような、すがすがしい笑みを向けられる。

「とにかく恋だの何だのは心の問題だ。お前の心までは強要するつもりはないが、それでも努力だけはしてもらおう。それがもとの世界に戻すための条件だ」

たしかに恋心だけは、自分でどうにかなるものではない。

強要しないという彼の言葉を信じるしかない。

信じるしかないが。

（……いいのかな、信じても。明日には絶対にそうしろって言われるような気がする）

不安は尽きない。

そんな優衣をまったく顧みることなく、ジェイドは歩いていく。慌てて追いつこうとする優衣の目の前で、突然立ち止まった。

「きゃっ。どうしたの？」

慣れないヒールで必死に歩いていた優衣は、突然のことに避けきれず、ジェイドにぶつかってしまう。

「この先に国立図書館がある。世界のことや、この国の成り立ちなどを知ることができる。寄ってみるか？」

この世界のことを説明すると言ったのを覚えていたらしい。だが教えてくれるのではなく、図書館に行って自分で調べろということか。

「お、教えてくれるって言ったじゃない」

思わずそう言うと、彼は溜息をついた。

「……面倒だ」

（ああ、やっぱり）

こちらに対する要求は次から次へと出てくるくせに、自分の約束は、面倒のひとことで済ませられてしまう。

でも約束をすっかり忘れられるよりはましかもしれない。それに、この展開は想像していたことだ。

（第一、彼が親切丁寧に教えてくれたら、それはそれで何か裏がありそうで怖い気がする……）

ここは素直に頷くべきだと、今までの経験が告げている。

「うん、行きたい」

そう言うと、ほんの少しだけジェイドの表情が柔らかくなる。面倒なことを回避できたと喜んでいるのかもしれない。

「そうか。だったら寄っていくぞ」

先を歩くジェイドの長く伸びた影を辿《たど》るように歩きながら、町並みを眺める。

綺麗に整備された道を、赤い陽射《ひざ》しがゆっくりと染めていく。

両脇に並ぶ店も家もすべて同じような造りで、統一感があってとても美しい。ただ道の両脇に並んでいる街路樹が、まだ小さいのが気になった。植え替えたばかりなのだろうか。

いや、それだけではない。

この町はよく見ると何もかも新しい。まるで一度壊されて、つい最近になってようやく再生したかのような。

少し前まで、魔族による被害が酷かった。

そう言われたのを思い出す。

（あれは、こういう意味だったの？）

王の居城があるということは、この町は王都だ。それが跡形もなくなるほどの被害。しかもこの国の次の守護者はまだ決まっていない。

いつまた魔族に襲われるのかわからないのだ。

誰もが国の安定を、新しい守護者を待ち望んでいるに違いない。

（そんな国の守護者を選ぶなんて……。責任重大……よね）

大変なことに関わってしまったのかもしれない。いまさらながら、そんな想《おも》いが湧き起こる。

辿り着いた建物は、二階建ての大きなものだった。

やはりこの建物も新しい。

一階は一般にも開放されている様子だったが、二階は会員制のようだ。珍しさから周囲を見回しながらゆっくり歩いていると、ジェイドに促された。そのまままっすぐに二階へ向かう。

天井の高い室内には本棚がびっしりと並んでいて、系列ごとに細かく仕分けされている。二階には個室もあり、ゆっくりと本が読めるようになっていた。

「後で迎えに来る。二階からは出るなよ」

そう言い残してジェイドの姿が消える。また魔法で移動したのだろう。

彼のことだから、ずっと一緒にいてくれるとは思っていなかった。それでも知らない場所にひとりで取り残されるのは、ちょっと心細い。

(でも個室もあるし大丈夫よね？)

あまり人と会わないように、さっさと本を選んで個室に入ってしまおう。

そう思って案内板を眺めてみる。

文字が読めるか心配だったが、言葉と同じようにちゃんと理解することができた。

(何を読もうかな。やっぱり守護者というものについて、もっと詳しく知りたいな)

書籍の位置を確認し、そこに向かうと先客がいた。

「あら？」

振り向いた女魔導師は、見覚えのある顔をしていた。茶色の髪をきりりと結び、真面目そうな雰囲気をした女性。

（ええと、たしか……）

思い出そうとしていると、向こうから声をかけてきた。

「あなた、ジェイドの……」

選出者候補のひとり、マルティだった。

「え、はい」

頷くと、彼女はまだ驚きを隠そうともせずに、優衣を凝視している。

「あの、何か……」

さすがに居心地が悪くなって声を掛けると、彼女は我に返ったように謝罪した。

「ごめんなさい、失礼だったわね。ちょっと意外だったものだから」

「意外って？」

馬鹿にされたような気がして、優衣は顔をしかめる。

どうやらあまり好意的な態度ではなかったようだ。

「気を悪くしたのならごめんなさい。ただ選出者は、外見だけ磨けばいいと思っている人が多いから。異世界から来て、この国の歴史に興味を持ってくれるとは思わなかったの」

魔族を惑わし、守護者とする。

それはこの国を守るために必要なことだ。

でも相手を誘惑するという行為に対して、嫌悪を抱く者もいる。

きっと彼女もそうなのだ。

（私だって、強制みたいなものだけど……）

そうでなければ、異性を誘惑だなんて絶対にしようと思わない。でもマルティはそこに嫌悪を抱くなら、なぜ選出者候補となったのか。

「あなたはどうして？　誰かに強制されて？　それとも立候補？」

それを率直に尋ねると、マルティは面食らったようだった。

「見かけに寄らず……っていったらまた失礼になるわね。ごめんなさい。でもあなたはジェイドに操られるままの、ただの綺麗なお人形ではないようね」

そう言うと、マルティは観察するようにじっくりと優衣を眺める。

「私は、守護契約そのものを変えたいの。魔族を誘惑してこの国を守ってもらうなんて、そんなのは嫌なのよ。自分達の国は自分で守りたい。それでも選出者候補になれば、国の重要人物と会うことができる。王城にも入れる。それが目的なの」

マルティの言葉からは、強い信念が感じられた。彼女は守護者を選ぶのではなく、制度そのものの改革を目指しているらしい。

「あなたはどうなの？」

「私は……」

どう話すべきか、少し悩んだ。

（彼女は魔導師みたいだし、もしかしたら私を向こうの世界に戻せるかもしれない……）

それにジェイドからも、ここに来た経緯を言うなとは言われていない。

そう思って、自分の部屋で涼んでいたら、光に釣られてこの世界に来てしまったこと、そしてジェイドに協力しなければもとの世界に戻さないと脅されたことを、すべて正直に話した。

「……そうだったの」

事情を知ったマルティは驚いた様子でその話を聞き、それから本当に気の毒そうに優衣を見た。

「まさかそんな事情だったなんて。協力してもらえることになったってジェイドが言っていたから、私はてっきり……」

快くそうしたのだと思われていたらしい。

たしかにあの場で何も言わなかったのは、失敗だったのかもしれない。だがあの謁見の間はあまりにも深刻な雰囲気で、そうすることができなかったのだ。

（日本人は空気を読みすぎる。もっと自己主張したほうがいいって、知り合った留学生が言っていたけど、本当かも……）

でも、今さらそんなことを思っても遅い。過去のことはどうしようもないので、これからのことを考えなければならない。

「それで、他にもとの世界に帰る方法があったら、と思って」

少しだけ期待を込めてそう尋ねると、彼女は難しい顔をした。

「この国の事情に巻き込まれたあなたには申し訳ないと思うし、何とかしてあげたいとは思うわ。

でも異世界に通じる道を開いて、さらにそこからひとりの人間を召喚するなんて、信じられないくらいの魔力が必要になる。ジェイドでなければ無理なのよ」

マルティの答えを聞いて、優衣は肩を落とす。

（やっぱりそうかぁ……）

あの傲慢な物言いと態度だ。

ジェイドは、自分しか優衣をもとの世界に戻すことはできないと知っていたのだ。

がっかりと肩を落とした優衣を気の毒に思ったのか、マルティはさらに謝罪する。

「本当にごめんなさい。あなたは私達と違って、この国のために命を懸ける義務なんてないのに」

「え、命？」

不穏な言葉に、胸がどきりとした。

たしかに魔族はとても恐ろしいものだと聞いたし、破壊されたような跡がある王都の様子を見ていると、危険だと思う。

でも友好的な魔族もいる、恋愛もよくあることだというジェイドの言葉を聞いて、楽観視しすぎていたのかもしれない。

マルティの言葉で、そう気が付く。

「魔族はとても恐ろしい存在。それに自分から接触するのだから、命の危険はあるわ。私はもちろん、あのミルーティだって承知していることよ」

「そう、ね。少し考えてみればわかりそうなことなのに」

まだ観光気分というか、この世界のことを現実のものとして受け入れていなかったようだ。

「私はこの国のことも魔族のことも何も知らないわ。もっと勉強しなきゃ」

ジェイドはあまり頼りにせず、自分でしっかり自衛しなければならない。

（誰も頼る人がいないからって、すべて頼り切ってしまうのは、危険だわ）

それに彼は、いかにも何か企《たくら》んでそうだ。

たとえ束《つか》の間《ま》でもこの世界で生きるのなら、自分の意志をしっかり持たなければ、周囲の思惑にたちまち流されてしまいそうだ。

見知らぬ場所、見知らぬ国に飛ばされて、今までは物語の主人公になったかのように、ちょっとだけ華やいだ気分だった。

でも、マルティを見て思った。

ここには実際に暮らし、生きている人達がいる。

彼らにとって、この世界が現実なのだ。

観光気分で浮かれた気持ちが、少しずつ冷静になっていく。

（私は人形にはならないわ……）

何も知らずに操られてしまうのは嫌だった。そうならないためには、やはり知識が必要になる。

（本を読まなきゃ）

そんな優衣にマルティは、守護者について詳しく書かれた本、そしてこの国や大陸の歴史の本を選んでくれた。

いつでも相談にのるからと言ってくれた彼女に礼を言って、優衣は個室に入って本を開く。

まずは守護者について調べる。

ジェイドが言っていたように、最初は人間の女性を愛した魔族の男が、恋人を守ろうとして他の魔族と戦ったのが始まりらしい。

その魔族は相当強かったらしく、魔族に脅《おびや》かされていた国はたちまち平和になり、長く続いた。

それを聞いたある国の王女が、身を捧《ささ》げる代わりに国を守護してほしいと別の魔族に頼み込んだ。その王女はとても美しかったらしく、魔族も王女に魅せられてその国を守ったらしい。

（そして他の国でも次々に同じようなことが起こったわけかぁ。最初はともかく、他はもう何というか、人身御供《ひとみごくう》みたいな……）

さらに時代は進み、この国は守護契約という魔法を生み出した。

それは互いに了承の上に守護契約を結ぶと、どちらかが死ぬまで効力が続くいう魔法だ。

魔族はその契約を結んだ国の人間を殺すことができなくなり、もとの仲間のところにも帰れなくなる。

他の国にはない、ティーヌ王国独自の魔法のようで、その魔法のお蔭《かげ》で守護者との契約は強固なものとなった。

ただ口約束だけで結ばれている他国の守護者のように、途中で飽きて立ち去ってしまうことや、気まぐれに人を殺すようなことはないようだ。

だが相手は、人間など玩具《おもちゃ》程度にしか思っていない魔族。よほど相手を愛していなければ、そのような契約を結んでくれるとは思えない。

（ちょっと親しくなればいいって問題ではないみたい。……はぁ。本当に私にできるのかな）

優衣は溜息をついて本を閉じる。

ジェイドが、契約を結んでしまえばもう用はないと言っていたのは、この守護契約のことのようだ。

だが、相手は仲間も何もかも捨ててこの国の守護者になってくれるというのに、優衣は契約を結んだら向こうの世界に帰ってしまうのだ。

それはあまりにも不誠実ではないか。

（うん、まずそんな関係になれる魔族と出逢ってから考えよう……）

今は考えても仕方がない。

そう思い直した優衣は、今度は地理と歴史の本を手に取った。

知らない地名や国は、地図と見比べながらその位置を確認する。わからないことも多かったが、とにかく最後まで読んでしまおうとページをめくり続けた。

「あれ？」

熱心に読みふけっていると、ふと視界が暗くなった。

顔を上げると、少し疲れたような顔をしたジェイドがまっすぐにこちらを見つめていた。

深い海のような色。

子どもの頃、お守りとして持っていたラピスラズリの腕輪を思い出す。

「あ……」

彼が来たことにも気が付かないほど、夢中になっていたらしい。

「ごめんなさい、気付かなくて」

慌てて立ち上がる。

「いや、読み終わるまで待とうと思ったが、もう閉館時間になる。それは借りていこう」

うながされて、もう一冊、まだ読んでいなかった魔族に関しての本と一緒に手渡すと、彼は受付で貸し出しの手続きをしてくれた。二冊の本をしっかり両手で受け取り、図書館を出るジェイドの背後をついて歩く。

外はもうすっかり暗くなっていた。

道の両側に置かれている街灯から光が差し、誰もいない道を照らしていく。まだ暗くなり始めたばかりだというのに、歩いている人の姿は皆無だった。

「……誰もいないのね」

「夜は町中にも魔族が出る場合があるからな。戦う力のある者以外は外に出ない」

（魔族……）

マルティに選んでもらった本には、魔族に襲われた歴史がしっかりと記されていた。頼らないようにしようと思ったばかりなのに、ついジェイドの傍に寄る。

「今は大丈夫だ。俺がいる」

力強い言葉に安堵を覚えるが、彼にとって自分が価値のない人間だったら守ってもらえるのだろうか、とふと考える。

（ないだろうなぁ。なんていうか、合理主義？って感じがするもの）

冷たい夜風が、彼の金色の髪を揺らしている。

向こうの世界は夏だったのに、この世界は今、冬になろうとしているようだ。

（そういえば、どこに向かっているのかしら？）

先を歩くジェイドにそう尋ねてみると、彼は足を止めることなく答える。

「お前が住む家に案内する」

「ひとりでこの町に住むの？」

ジェイドと一緒にあの屋敷に戻ると思っていた優衣は、驚いて声を上げる。さすがに見知らぬこの世界にひとりで暮らすのは、少し不安だった。

「王城に住んでもいいが、手続きに時間がかかる」

「……王城はちょっと。うん、町でいいわ」

不安はあるが、ひとりのほうが気楽なのかもしれない。

そうして辿り着いたのは、町中にあるごく普通の家だった。ジェイドは鍵を開けて中に入る。優衣もその後に続いた。

「ここの家を使え。中の物も好きに使って構わない」

新しくはないが、きちんと手入れのされた家だった。

「この家は、誰の？」

見渡してみれば、日用品などは揃《そろ》っている。誰かが住んでいたのかもしれない。

「俺の家、ということになっている」

「……なっている?」

あの森の中の屋敷が彼の家ではないのか。不思議に思って彼を見つめたが、もちろん答えが返ってくるはずもない。

何も答えず、ジェイドは優衣に家の鍵を手渡した。

「何か足りないものがあれば言え。また明日の朝に寄る」

それだけ言うと、ジェイドは背を向けて去っていく。

ひとり残された優衣は、寝室に入るとそのままベッドに腰を下ろした。色々と考えたいこともあり、借りてもらった本も読みたいと思うが、もう限界だった。

「……もう、全部明日にしよう」

向こうの世界で夜だったのに、こちらに来たら昼になっていたから、もう丸一日以上経過している。しかもあまりに多くのできごとがあったせいもあり、身体はかなり疲労していた。

クローゼットを開けると着替えがたくさん入っていた。衣服を着替え、清潔なシーツが敷いてあるベッドに横になる。

目を閉じるとすぐに意識が遠のいた。目が覚めたらもとの世界に戻っていたらいいのにと願いながら、疲れた身体は急速に眠りに落ちていった。

ふと、光が顔に当たるのを感じた。

眩《まぶ》しい。

「……やっと起きたか」

寝起きにそんな声をかけられ、無意識に声のする方向を見つめた。

見覚えのある金色の髪をした男が窓の前に立っている。差し込む陽光が、その髪をさらに煌めかせていた。

「ん？」

あの人は誰だっけ。

優衣はそう思いながら、まだ眠気の残る頭をゆっくりと振り、起き上がる。

「まったく起きそうになかったからな。湖にでも放り込めば、さすがに目を覚ますかもしれないと思っていたところだ。さっさと着替えろ。出かけるぞ」

（……ああ、思い出した）

思い出したくなかったが、そんな暴言ですっかり思い出してしまった。

のろのろと起き上がり、ジェイドに言う。

「着替えるから、出て行って」

だが彼はじっくりと観察するように、優衣に視線を走らせている。

「な、なに？」

思わずその視線から逃れるように、毛布で身体を隠そうとした。

けれど、ふと視線を落としてみると、太腿が剝き出しになっている。肩も大きく開いていた。

昨日の夜、眠かったせいでよく探さず、大きめのシャツを羽織っただけで寝ていたのだ。

まさか彼が、この部屋に無断で入るとは思わずに。

「きゃああっ」

恥ずかしさのあまり、真っ赤になって絶叫する。

「うるさい。そう喚《わめ》くな。下で待っているからすぐに来い。遅れたら、明日の朝は湖で目覚めることになるぞ」

かりにも女性の寝室に無断で入った挙句に、脅すとは。

「あ、明日もまた勝手に寝室に入ってきたら、こっちが湖に沈めてやるんだから！」

湖はどこにあるのだろう。

図書館で調べればわかるだろうか。

どうにか衣服を整え、怒りと恥ずかしさで真っ赤になりながら、優衣はジェイドが待つ階下に降りていく。

「遅い。すぐに行くぞ」

途端に、行く先も告げずに背を向けるジェイドに、思わず溜息が出る。

「待って、どこに行くの？」

長いドレスの裾を持ち上げながら、前を歩く背中に尋ねた。

クローゼットにはたくさんの服があったが、すべて上等な布地で作られたドレスだった。

その中でも比較的大人しいデザインのものを選んでみたが、やはり胸元は大きく開いてしまっている。それに、こんなドレスを着て徒歩で町中を歩くのも変な気分だ。

「王城だ。王妃陛下がお前を呼んでいる」

「……お、王妃さま？」

「ああ。選出者候補全員を連れて、肌に良いとかいう温泉に行くらしい」

やはり一般的に、選出者は美しさを磨くことが使命なのだろう。

（でも温泉かぁ……。気持ちよさそう）

異世界の温泉がどういうものか興味もあったし、ゆっくりお風呂に浸《つ》かれば、きっと疲れもとれるに違いない。

でもそれよりも先に。

「ま、待って。あの、お腹《なか》がすいたんだけど……」

昨日から何も食べていない。疲れていたせいで、食事もせずに眠ってしまったのだ。空腹のまま温泉に入るのはかなりつらい。

それでも男性に空腹を訴えるのには、勇気が必要だった。

「ああ、そうだな。……まだ少し時間はあるか」

ジェイドはようやく立ち止まり、立ち並ぶ店を眺める。

まだ白い朝の光の中で、人々はもう忙しそうに動き回っていた。

夜は人通りがない分、朝は少しでも早く商売を始めたいのだろう。食事を出している店も数軒あるようだ。

「軽くこの辺りで食事していくか」

　ジェイドに連れられて、その中の店のひとつに入る。

　普通に生活をしている人々の中で、このドレス姿はかなり目立っていた。それでも空腹には勝てず、大人しく彼に従う。

　いらっしゃい、と穏やかな笑顔で迎えてくれた老婦人は、ジェイドの注文に鮮やかな手つきで食事を用意してくれた。

　焼きたてのパンに野菜のスープ。鳥肉に香草をまぶして蒸したものに、ゆで卵。どれもとてもおいしかった。

「ジェイドが女の子を連れてくるなんて珍しいね。こんなに綺麗なお嬢さんに、うちの食事が口に合うか心配だわ」

　店主の老婦人は顔見知りのようだ。彼には良い香りのするお茶を出しながら、優しい顔で笑う。

「ああ。可愛《かわい》いだろう？」

　さらりとそんなことを言うジェイドに、あやうく野菜スープを吹きかけそうになる。

　かなり危なかった。

「な、何を言って……」

「説明するのが面倒だからな。早く食べないと遅れるぞ」

　その言葉で、慌てながらも何とか食事を終える。すっかり気分も落ち着き、老婦人に見送られて店を後にした。

「ごめんなさい、全部支払ってもらって……」

当然ながら、優衣はこの国の通貨を持っていない。食事の支払いもジェイドがしてくれた。

「いや、さすがにそこまでしろとは言わない。生活費の心配はするな」

それよりもやって欲しいことがある。

そう言う彼の言葉に、ここは素直に頷いた。

もし働いて知り合いが増えたりしたら、帰るときに寂しくなる。ここを離れたらもう二度と会えなくなるのだから。

（ジェイドならもう二度と会えなくなっても寂しくないわね。あ、でも顔だけは綺麗だから、それはちょっと名残惜しいかもしれない……）

完全に好みの顔なんて、なかなか巡り合えるものではない。ただ、中身が酷すぎるせいで、恋に落ちることはなさそうだ。

食事を終えると、審議会のときのように魔法で王城の中に移動する。

そこからは、王城に勤める侍女が案内してくれるようだ。さすがに向かう先が王妃の部屋なので、ジェイドは付き添えないらしい。

まだこの世界で頼れるのは彼だけで、離れると不安になる。でも行く先が温泉では、ひとりで行くしかないだろう。

磨かれた美しい廊下を、ドレスの裾を気にしながらゆっくりと歩く。ヒールの音が響き渡り、床が傷付くのではないかと余計なことを心配してしまう。

だが先に進むと、床には緋色の柔らかな絨毯が敷かれていた。

侍女がやや緊張した面持ちで部屋の扉を叩《たた》く。王妃の部屋付きの侍女がそれに応えて扉を開けてくれた。部屋の壁は白で統一され、その奥には淡い金色の髪をした女性が立っていた。

そう若くはないが、それでも充分に美しい人だった。

「あなたが異世界から来た、優衣ね」

落ち着いた声が、優衣の名を呼ぶ。

「はい、優衣です。本日はお招き頂き、ありがとうございます」

この世界の礼儀は知らないが、それでも失礼にならないようにと、深く頭を下げる。そうすると王妃も、にっこりと機嫌良さそうに微笑《ほほえ》んでくれた。

「これで全員揃いましたね。それでは行きましょうか。支度をお願いね」

王妃の言葉に、周囲の侍女が忙しく動き回る。

優衣も彼女達に誘導されて、馬車に乗り込んだ。他の馬車には、あとのふたりも乗っているのだろう。

小さな窓から見る景色が、どんどん変化していく。

整備された町が少しずつ遠ざかり、自然が豊かになってきた。やがて建物よりも畑が多くなり、畑が果樹園となり、そして森になった。

「……遠いんですね」

ぽつりと呟くと、同席していた侍女が頷いた。

「そうですね。ですがとても綺麗な場所です。王家の別荘が近くにありますので、警備もきちんとしています」

その別荘も王妃が好んで使っているので、手入れも行き届いていると言う。

やがて目的地が近くなったのか、馬車は速度を落として注意深く停止した。優衣も侍女に手を貸してもらい、スカートの裾を気にしながら馬車を降りる。

そこは侍女が言っていたように、四方を深い森に囲まれた美しい場所だった。

「綺麗……」

思わずそう呟いて四方を見渡すと、湖があった。その奥には、白く大きな建物がある。あれが別荘だろう。

それにしてもこんなにも森に近い場所なのに、湖には鳥が一羽もいない。不審に思ってよく見てみると、白い煙が上がっている。

「え、これが温泉なの？」

優衣は思わず声を上げた。

たしかに向こうの世界にもあるが、まさか露天風呂だとは思わなかった。しかも周囲には警備の兵士がいるというのに、生い茂った木々だけが衝立《ついたて》だ。

王妃もいるのだから覗《のぞ》きをするような輩《やから》はいないとは思うが、それでもなかなか勇気のいる配置だった。

「あ、優衣」

険しい顔をして露天風呂を睨《にら》んでいると、背後から声がかけられた。

振り返ると、図書館で少し話をしたマルティが、こちらに向かって歩いてくる。いつものように魔導師の服装をした彼女は、着飾った女性達の中で少し居心地が悪そうだった。

「よかったら一緒にいてくれる？」

「ええ、もちろん」

迷わず頷く。居心地の悪い思いをしていたのは、優衣も一緒だった。

「それにしても温泉がまさか野外だったなんて。でも王妃陛下のお誘いなら、入らないわけにもいかないし」

マルティはそう言うと、困ったように温泉と警備の兵士を見比べている。

悩みはどうやら同じらしい。同意しようとすると、背後から声がした。

「その程度の身体なんて、誰も見ないから大丈夫よ」

（ああ、また出た）

振り向くまでもなく、それが誰なのかすぐにわかった。

鮮やかな緋色の髪を結い上げ、身体の線に沿った深い紫色のドレスを身に纏っている女性は、審議会の時に顔を合わせた、あのミルーティだ。

「見られるとか、そういう問題じゃないわ。人前で裸になるなんて……」

「その発言は、王妃陛下に失礼じゃないかしら」

マルティははっとして口元を押さえて俯く。たしかにこの場所を選んだのは王妃なのだ。

「嫌ならば無理に参加しなければいいわ。今さら磨いたってどうなる身体でもないでしょうし」

くすりと妖艶に笑い、彼女は悠然と歩き去っていく。

「……私、帰るわ」

俯いていたマルティが、厳しい顔をしてそう言った。

「え、そんな」

「王妃陛下には申し訳ないけれど、お話をして帰らせて頂くわ。私が目指すものは違うものだから。それに、あんな女と一緒に温泉だなんて、とても耐えられない。ごめんね、優衣。あなたは頑張って」

そう言うと振り返りもせずに、馬車に戻っていく。残された優衣は、ただ呆然《ぼうぜん》とその場に立ち尽くしていた。

（ええ……。そんな、ひとりにしないで……）

優衣だって、もう帰りたいと思う。

だがマルティのように明確な目標があるわけでもなく、一応、この世界での推薦者であるジェイドに行って来いと言われたのだ。

勝手に帰ることもできず、仕方なく侍女に連れられて温泉に向かう。

それでも心は晴れなかった。

（もう、あの嫌味な女のせいで）

さすがに衣服を脱ぐ場所には衝立があったが、タオルがあるわけでもない。こっそりと周囲を見回すと、王妃もミルーティも隠す素振りなど一切見せず、堂々と温泉に入っていた。

（うう……。あれだけ綺麗だと隠す必要もないのかな）

周囲が気になったが、ひとりだけこそこそしていてはかえって目立ってしまう。優衣もふたりに続いて温泉に入る。透明なお湯は少し熱かったが、疲れた身体にはとても心地好い。

（ああ、気持ちいいなぁ。うん、周囲なんて気にしないようにしよう）

目を閉じて温泉を満喫していると、いつのまにか傍に来た王妃が話しかけてきた。

「どうですか？　今日は少し熱いようですが……」

「あ、はい。大丈夫です。とても気持ち良いです」

慌てて返事をする。にっこりと笑いながらも、王妃の目はまるで品定めでもするかのように優衣を眺めている。

「そう、よかったわ。あなたには期待しているから頑張ってね」

ゆっくりと遠ざかる王妃の、見事に均整のとれた後ろ姿を見送りながら空を見上げる。

白い雲が、風に攫《さら》われて流されていく。

少しだけ気温が下がってきたように感じて、お湯の中に身体を沈めた。

（ああ、マルティさんはもう帰っちゃったかなぁ。さすがにちょっと、心細いかも……）

優衣の境遇に同情してくれたことから考えても、そう悪い人ではなさそうだ。今度図書館で会えたら、もっと色々と話をしてみたいと思う。

温泉から上がったあとは、別荘に行ってそれぞれの部屋で休み、夜は会食の予定だという。

でも優衣はマルティが帰ってしまったため、会食の時間まで話し相手もなく、ぼんやりと庭を眺めているしかなかった。

森に近いこの場所の空気はとても清々《すがすが》しく、こんな状況でもなければ森林浴を楽しめたかもしれない。

「はぁ……」

太陽はまだ空高く、夜まで何をして過ごしたらいいか見当もつかない。

（せめてマルティさんがいれば話し相手になってくれたかもしれないのに……）

綺麗な庭を、ひとりで目的もなく歩いた。

満開の花はどれもとても綺麗だったが、見たことのないものばかりだった。

中央には噴水があり、勢いよく水が噴き出している。太陽の光を反射してキラキラと輝く水滴を見つめながら、濡《ぬ》れないように少し離れた場所に座る。

何度目かもわからない溜息をついていると、ふと影が差した。

見上げると、見事な緋色の髪が目に入る。

（うわ、また出た）

日よけの布を被ったミルーティが目の前に立っている。警戒を隠そうともせずに見上げると、彼女は少し視線を外して決まり悪そうに呟く。

「そんなに警戒しないで。何もしないわよ」

そう言われても、優衣はその言葉を信じたりしない。

「……まあ、いいけどね」

顔をしかめたままの優衣の様子に呆《あき》れたような顔をしたものの、彼女は立ち去らない。

気まずい沈黙に耐えかねて、こっちから場所を移動しようと腰を浮かせた。

「ねえ、あなた。魔族に接したことってある？」

そこでふいに話しかけられ、動きを止めてしまう。

「いいえ。まだないわ」

話に聞くだけで、まだ一度も見たことがない。図書館で借りた図鑑で、種族や容姿などを軽く眺めただけだ。

ミルーティはやっぱりね、と呟き、森の奥を指す。

「あの奥には魔族がいるらしいの。人間が住む建物の近くにいるくらいだから、かなり友好的な魔族よ。暇みたいだし、少し行ってみたら。何も知らない人と勝負しても、張り合いがないもの」

「……」

たしかに、興味はあった。

これからのことを考えても、知らなければならないことだ。

でも、彼女を信用していいのだろうか。

「別に行きたくなければそれでいいわよ。ただ暇そうだったから、言ってみただけ」

マルティを帰してしまったことに、こんな女でも罪悪感をもっているのかもしれない。それだけ言うと、ミルーティはさっさと建物の中に戻っていく。

「どうしようかな……」

まだ夜まで、時間はたっぷりとある。

それまでずっと、庭園で噴水を眺めているのもつまらない。森に近づいて、ちょっと様子を見るだけでもいいかもしれない。

立ち上がり、周囲を見渡した。

誰かがいれば、ひとこと断ってから行こうと思ったのだが、間の悪いことに誰もいない。

でも今は自由時間なのだ。すぐに戻れば問題はないだろう。

森へ向かって移動する。

その様子を建物の中から見つめていたミルーティが、妖しい笑みを浮かべていたことなんてまったく知らずに、優衣は歩いて行った。


「……結構暗いなぁ」

別荘から森までの道はきちんと整備されていた。

思っていたよりも人通りがあるのかもしれない。

だが森の入り口に立って中の様子を窺《うかが》うと、背の高い木々が陽光を遮り、まるで夕刻のように薄暗い。

(うーん。なんだか危険な匂いがする)

やめたほうがいいのだろうか。

でも別荘に戻っても、暇な時間を持て余すだけだ。だからゆっくりと用心深く、赤い煉瓦を敷き詰めている道に足を踏み入れてみた。

陽光の当たらない森の中は思っていたよりもずっと寒く、温泉に浸かったあとの身体を冷やしてしまう。

「さむ……」

両手で肩を抱いた。

こんなに寒いとは思わなかった。風邪を引く前に、戻ったほうがいいかもしれない。

そう思っていた矢先だった。

「こんな場所で何をしている？」

真上から声がした。

見上げる暇もなく、目の前に降りてくる人影。

その獣のような俊敏さは、とても人間とは思えない。思わずびくりと身体を震わせながら、そっと見上げた。

緑色の髪。腕には鱗《うろこ》のようなものが生えている。優衣を見る目も、人間のものとは違う。まるで爬《は》虫類《ちゅうるい》のような緑色の目に真正面から見据えられ、思わず後退る。

これが魔族。

たしかに人型をしているが、人間とはまったく違う。

（怖い……）

　足が震えていた。

「人間の女か。こんな場所で何をしている？」

　ミルーティが言っていた、友好的な魔族というのはまったくの嘘《うそ》だったのだろう。こちらを見る目には、新しい玩具を見るような楽しげな色しか宿っていない。

　これでどうやって遊んでやろう。

　そう思っているだけだ。

　魔族の男は手を伸ばして優衣の腕を摑んだ。その腕が小刻みに震えているのを見ると、楽しそうに笑みを浮かべる。

「可愛いじゃないか。こんな森の中まで迷い込んでくるくらいだ。暇なんだろう？　俺が遊んでやるよ」

「い、いえ。暇じゃないです。どうぞお気遣いなく……」

　震える声でそう言いながら逃げようとする。だが、足が思うように動かない。それでも必死に逃げようとしたが、小石に足を取られて転んでしまう。

「……っ」

　膝を擦りむいてしまったらしく、ずきりと痛んだ。ドレスも破けてしまっている。

　何とか立ち上がろうとしたところで、足を摑まれる。ドレスが大きく捲《まく》れ上がったが、恥ずかしく思う余裕もなかった。

「や、やだ……やめてっ」

震える声で、そう叫んだ。

でも魔族の力は強い。

どんなにもがいても、その腕から逃れることができない。

「騒ぐなよ。……殺すぞ」

にやにやと楽しそうに笑っていた魔族は、優衣が暴れ出すと途端に不機嫌になった。耳元で囁《ささや》かれた冷たい声。

ぞくりとした。

ただの脅しではない。もしこれ以上騒いだら、何の躊躇《ちゅうちょ》もなく優衣を殺すだろう。

これが魔族なのか。

このような種族と心を通わせることなんて、きっとできない。人間など玩具程度にしか思っていないのだ。

弄び、飽きたら殺して捨てるだけ。そしてここから逃れられない以上、自分もそうなる運命かもしれない。

ミルーティの顔が浮かぶ。

きっと彼女は、ここにいる魔族がこういうものだとわかって唆したのだろう。

危機管理が足りなかった。

それは自分のせいでもある。それでもあの女の企みを見抜けなかったのが、本当に悔しかった。

固く閉じた目から零《こぼ》れた涙が頬を伝う。

「……何をしている」

そのとき、鬱蒼《うっそう》とした森に氷のように冷たい声が響き渡った。

溢《あふ》れ出《で》る殺気に、恐ろしいはずの魔族でさえ、その動きを止める。

涙で歪《ゆが》んだ視界に、金色の髪がまるで太陽のように輝いて見えた。

「ジェイド……」

涙声で名前を呼ぶと、彼の表情がますます険しくなった。目の前にいる魔族を、まるでただの人間を相手にしているかのように睨み据える。

ただならぬ気配を察したのか、魔族が臨戦態勢で立ち上がった。

優衣もその隙に、何とか立ち上がる。

（どうしよう。このままじゃ……）

誰もが、その恐ろしさを口にしていた魔族。

自分が迂闊な行動をしたせいで、ジェイドの身も危険に晒してしまうなんて思わなかった。彼は庇《かば》うように優衣の前に立つと、不機嫌さを隠そうともせずに魔族を睨んでいる。

（……というか、だ、大丈夫なの？　魔族相手にもその態度で？）

この場にいなかったはずのジェイドが、ピンチに駆けつけてくれたのはとても嬉しい。もし彼が来てくれなかったら、あの魔族に弄ばれた挙句、殺されていたかもしれない。

それでも、魔族を目の前にしても変わらない、あまりにも尊大な態度に、安堵よりも不安を覚えてしまう。

「俺のものに手を出すとは。死にたいらしいな」

さらにこのセリフだ。

（ちょ、ちょっと。魔族って恐ろしいんでしょう？）

侮っているはずの人間にそんなことを言われた魔族は、どうしているだろう。

優衣は、そっと反応を窺ってみた。さぞかし怒り狂っているだろうと思っていたのに、先ほどまで命の危険すら感じていた相手は、ジェイドを目の前にして立ち尽くしている。

「え？　お前、人間か？」

今まで泣き叫ぶ人間しか見たことがなかったのだろう。魔族は、むしろ戸惑っている。

ジェイドはそれには答えず、視線を優衣に向ける。

「大丈夫だから、先に帰っていろ。そんな恰好《かっこう》でうろつくなよ」

想像していたよりも、ずっと優しい声だった。

その言葉と同時に身体が浮かび上がるような浮遊感。

「え、ちょっと待っ……」

流れる水の音がした。

我に返ると、目の前には見覚えのある噴水がある。

別荘の庭園に戻ってきたのだ。

遠くに、侍女らしき人が歩いているのが見えて、優衣は慌てて物陰に隠れる。

転んでしまって泥だらけだし、転んだときに膝を擦りむいて、スカートには血が滲《にじ》んでいたし、裾が少し破れている。

（人に見られる前に、着替えなきゃ！）

そんな恰好でうろつくなと言われたことを思い出し、まずは急いで宛がわれていた部屋に戻った。

転んで破けてしまった服を脱ぎ捨てて着替えをする。温泉に入る前に着ていた服だが、破れて血がついてしまったドレスを着ているよりもましだろう。

（よかった、服があって）

急いで着替えを終え、それから部屋を飛び出した。

まだあの森には、魔族とジェイドがいる。

この別荘を取り巻く警備の兵士は王妃がいることもあって、かなりの数になっていた。それを総動員すれば、あの魔族を退けることもできるかもしれない。

そんなことを考えながら走っていると、部屋の奥から声が聞こえてきた。

「まさか本当に行くとは思わなかったんです。だってこの世界の人間なら、魔族の恐ろしさをちゃんと理解しているはずですから」

あの声は歩く災厄、ミルーティだ。

正直、もう関わりたくなかった。

でもジェイドがまだ魔族と対峙《たいじ》している。それを伝えなければと、優衣は声のした方向に歩く。

「あの」

そこにいたのは、ミルーティと先に帰ってしまったはずのマルティ、そして審議会の進行役をしていた賢者風の魔導師イドロだった。

　優衣が声を掛けるよりも早く、ミルーティがふん、と顔を背ける。

　そんな態度に、さすがにいらっとした。

「何よ、森に行かなかったんじゃない。だったら私が謝る必要なんてないわね。選出者候補を害する言動を取ったら極刑だなんて、よくも脅してくれたわね」

　途端に廊下に聞こえていた口調とは正反対に、高慢に言い放つ彼女に、優衣はにっこりと笑みを向けた。

　この世界に来るまでは争いなんて嫌いだったし、どっちかというとおとなしい性格だったのに、ここに来て少し変わった気がする。

　たぶん、こんな自分勝手な人達ばかり相手にしているからだ。

　怖い目に遭ったのはたしかだから、彼女にも極刑とやらを受けてもらわなければ気が済まない。そう思ってしまうあたり、優衣もまた性格が良いとは言えないのかもしれない。

「行きましたよ、森に。魔族にも会いましたし襲われました。きっとジェイドが来てくれなかったら殺されていたでしょうね」

　たちまちミルーティは青ざめ、少しいい気味だと思っていたが、なぜか他のふたりまで蒼白になっている。

「……な、何か問題でも？」

個人的にならば大いに問題はあったけれど、罰を受ける予定のミルーティはまだしも、彼らが青ざめる理由が思い当らなくて尋ねる。

「ある。大いにある。魔族を本気で怒らせたら大変なことになるぞ」

「あ……」

魔族が怒って、仲間を連れてくることを警戒しているのかと納得する。そういえば魔族は強いくせに群れるから、色々と厄介なのだと本に書いてあった。

「あのジェイドのことだ。無駄に魔族を挑発して怒らせているに違いない。一刻も早く王妃陛下に安全な場所に避難して頂かなくては。マルティ、すぐに向かうぞ」

ひどい言われようだと思う。

でも、実際に魔族を挑発しまくっていたのを目の前で見ていただけに何も言えない。

「何よ、魔族が攻めてくるかもしれないってこと？　ちょっと、私を置いていかないでよ」

ミルーティも慌てて後を追っていき、また優衣はひとりになってしまった。

（えーと、便乗して逃げた方がいいのかな？）

この様子ならば会食も中止だろう。

だがその大騒ぎになっていた別荘に、悠然とジェイドは帰還した。騒がしい様子に、その形の良い眉をひそめる。

「何事だ？」

「ジェイドが魔族を怒らせたから、すぐにここから逃げるんだって」

みんな自分のことで忙しく、答える余裕がない様子だったので、仕方なく優衣が答えた。

すると彼はさらに不機嫌になる。

こんなにも美形なのに、ほとんど機嫌の悪い顔をしている気がする。

（もったいない……）

「違う。俺が怒らせたのではなく、あいつが俺を怒らせた」

でもその口から出た子どものようないいわけに、思わず笑い出しそうになる。

状況的にそれは間違っていない。

魔族が優衣を襲ったのが、最初の前提だから。

（でもそれって私が襲われたから、怒ったのかな？）

そう思ってじっと彼を見つめる。

「せっかく釣ったのに傷物になったらどうしてくれる」

（……うん、やっぱりそういう意味だよね）

ほんの少し落胆しながら、彼に気付かれないように溜息をついた。

ジェイドはそのまま優衣の傍を通り抜け、王妃を連れて逃げだそうとしていたイドロとマルティを見つけて声をかける。

「逃げる必要はない。あの魔族は、二度とこの国には近寄らないだろう」

それは一国の王妃に対する態度ではない。

でも、誰も咎《とが》めない。

「そう。わかりました」

　王妃も気を悪くした様子もなく、かえって安堵したように微笑んでいる。

　でもその微笑みは、まるで作り笑いのように、どこかぎこちない。

　しかも他の人達も、怯えたようにジェイドの視線から顔を逸らしている。

　人間よりも遥かに強い魔族。

　間近でそれを見て、本当に危険だと思った。

　あれは話が通じるような相手ではない。彼らにとって人間なんて、玩具と同じだ。

　だが、その魔族を単独で撃退してしまうジェイドはいったい何者なのか。

　そう。彼は特別だ。

　初めて王城を訪れたときから思っていた。

　ジェイドがいるだけで、場の雰囲気が変わる。いつも不機嫌そうな彼に、すれ違う人達は怯えたような視線を向けていた。王妃でさえそうだ。

　彼に逆らうのは、空気の読めない者だけだ。

（そう、この人のような）

　優衣は聞こえないように、大きく溜息をつく。

「あなたのせいで魔族が怒ったらどうしてくれるのよ。もし何かあったら……」

　審議会でもジェイドに文句を言っていたミルーティが、今度こそ優位に立とうとでもいうように、彼のもとに歩み寄る。

でもその足は、ジェイドの凍りつくような視線でぴたりと止まった。

「優衣をそそのかしたのはお前だな」

たちまちミルーティの顔が青ざめ、がくがくと足を震わせる。

「わ、私は」

まさかここまで、本気で殺気を向けられるとは思っていなかったのだろう。

(女の人が怯えている様子は、あんまり気分がいいものじゃないわね)

彼女の言動には本気で腹が立った。でもその心底怯えた顔を見る限り、もう罰は充分に受けている。

だから優衣は、ジェイドから庇うようにミルーティの前に立った。

「だめだよ。ほら、選出者候補を害したら厳罰だって!」

「……お前は」

彼は呆れたように溜息をついた。そして、ミルーティから興味を失ったかのように視線を逸らす。

「帰るぞ」

そう言われて手を差し伸べられ、素直にそれを握った。

するとジェイドは、ようやく機嫌が直ったように笑みを浮かべる。

嫌味のないその笑顔は、本当に綺麗だった。

きっと見惚れていたのだろう。

だからジェイドが向けたその笑みを見て、周囲がざわめいたことにまったく気が付かなかった。

第二章　理不尽な要求

ジェイドの手を握った瞬間、目の前の風景が一変した。

馬車で長時間移動してあの場所に行ったのに、気付けばもう町の中だった。魔法を使える人にとって、きっと世界はすごく狭く感じるに違いない。

羨ましいと思う反面、それはそれでつまらないものかもしれないとも思う。どこにでもすぐに移動できるのならば、旅行する楽しみも半減する。

もっとも、この世界では他国との交流は皆無のようだが。

まだ優衣《ゆい》の手を握っているジェイドは、何か思案しているようだ。

いつもの不機嫌そうな顔とは違い、真剣に考え込んでいるその表情はやはり綺麗《きれい》で、少しだけ見《み》惚《と》れてしまう。

でも彼は一向に動かず、優衣は仕方なくそのまま手を離してくれるのを待った。

「……あの」

どのくらいそうしていたのか、わからない。

町の中で手を握って向かい合うふたりを、周囲の人間は微笑《ほほえ》ましそうに見ている。

（そ、その見守るような視線はやめてください……）

でも傍《はた》から見れば、どう考えても別れを惜しんでいる恋人同士にしか見えない。

「ジェイド？　離してくれないと帰れないよ」

仕方なくそう促すと、彼はようやく我に返ったように優衣を見た。

「いや、帰らなくていい。このまま行くぞ」

「え？　どこに？」

繋《つな》がらない会話に首を傾《かし》げた瞬間、また景色が変わっていく。

どこに連れて行かれても、この世界のことを何も知らない優衣はいつも彼の言いなりだ。

（まあ、もういいんだけど……）

諦めたわけではないが、帰る手段を知っているのは彼だけ。それに魔族から守ってくれたときから何となく思っていた。

ジェイドが自分を傷つけることはない。

それは利用できる間だけかもしれないし、仮にも自分が釣り上げたのだから、という責任感からなのかもしれない。そんなものが彼にあるかどうか不明だが、それでも優衣はそう思っていた。

（甘いかな。でも、ちゃんと魔族からは助けてくれたし……）

景色が定着し、顔を上げると見覚えのある建物の前にいた。

そこは、この世界に来てから初めて連れてこられた場所。

あの豪華な屋敷だった。

入り口まで歩いて行くと、優衣は顔を上げてその建物を見つめた。

（やっぱり、綺麗だなぁ）

もう日が暮れる頃だ。

白い屋敷は、緋色《ひいろ》の光に包まれていた。

振り返って背後を見てみると、この館と蔦《つた》の紋様に彩られた大きな門の間には見事に手入れされた庭がある。それは庭というよりも庭園と呼んだ方が相応《ふさわ》しいような広さで、見上げるほどの門が小さく見えてしまうくらいだ。

通路に煉瓦《れんが》が敷き詰められた庭には色とりどりの花が規則的に並んでいて、大きな噴水まである。そこから勢いよく吹き出した水は沈む夕陽《ゆうひ》によって赤く染まり、まるで大きな篝火《かがりび》のように見えた。

屋敷の周囲は背より遥《はる》かに高い壁に覆われている。その外壁は見るからに頑丈で丈夫そうだ。

優衣はもう一度振り向いて、今度は屋敷を見上げる。

三人くらいなら並んだまま入れそうな大きな白い扉には、細かい細工の彫刻が施されていて、真ん中にはステンドグラスのような色のついた硝子《ガラス》が嵌《は》め込《こ》まれていた。

扉をゆっくりと開けて中に入ると、目の前には吹き抜けの大きなホールがある。

左右へと緋色の絨毯《じゅうたん》が敷かれた階段が伸びていて、ここはどこの美術館かと聞きたくなるような造りだ。

そんなホールの中心に佇《たたず》んでいる、ジェイド。

煌《きら》めく金色の髪。王妃のような淡い色ではなく、本当に豪奢《ごうしゃ》な金髪だ。こちらを見ている目は、ラピスラズリを思わせる深い藍色。

本当にここは現実なのかと、思わず溜息《ためいき》が漏れる。

あの雑然とした町の中では感じなかった、非日常感。全部、夢の中のできごとでしたと言われたら、すぐに納得してしまいそうだ。

「何をしている？」

手を差し伸べられる。

繋いだ手から伝わるこの体温が、ジェイドがここに存在している証《あかし》だった。

「ねえ、どっちが本当のジェイドの家なの？」

ジェイドに手を引かれながら、大理石のような光沢のある白い廊下を歩く。優衣のヒールがこつこつと音を立てているのに反して、彼のほうは足音ひとつ立てない。

「あいつらが知っているのは、向こうだ。だが、実際にはここに住んでいる」

「この屋敷のことは、誰も知らないの？」

「ああ」

彼は短くそう答えると、一番奥にある部屋の扉を開いた。

「綺麗な部屋……」

ジェイドが中に入り、部屋の様子が見えると、優衣は思わずそう呟《つぶや》いていた。

この屋敷にふさわしい、豪華で大きな部屋だった。

純白の壁紙に、薄紅色の調度品が並んでいる。繊細な造りの美しいそれには、女性ならば誰もがうっとりとするに違いない。

床に敷き詰められているのは、毛足の長い柔らかそうな絨毯。続きの部屋には天蓋のある、所謂《いわゆる》お姫様ベッドが見えている。そして大きな窓にはレースでできたカーテン。窓からは、あの大きな庭園が一番良《い》い角度で見えるようになっていた。

部屋の中央には、見覚えのある茶色の髪をした侍女がいた。最初に来たとき、支度を整えてくれたあの女性だった。

彼女はジェイドを見て深々と頭を下げている。

「優衣。今日からこの部屋に住め」

綺麗なものを見るのは、目の保養になる。そう暢気《のんき》に考えていたのに、急にそんなことを言われて慌てた。

「え、まだ一日しか住んでないよ。どうして？」

「他の魔族に目を付けられると厄介だからな。ここにいれば、どんな者でも俺の許可なくしては絶対に入り込めない。だからなるべくこの敷地内からは出るな」

森で襲われたことを気にしてくれているようだ。

たしかにあれは、ひとりで森に入った自分が迂闊《うかつ》だった。

これからも用心しようと思ってはいるが、日常的にあまり危険のない場所で生まれ育ったせいで、危機管理能力が欠けている自覚はある。やたらと町の中を歩き回るよりも、なるべくこの屋敷にいた方がいいと自分でもそう思う。

「うん、わかった。じゃあ、もう図書館にも行けないのね」

少しずつでもこの世界のことを学んでいこうと思っていた矢先だったので、それだけは残念だった。

「時間のあるときなら、連れて行ってやる。お前には少し、いや、かなり、魔族に関する常識がないみたいだからな」

「……むう」

生まれ育った場所には魔族なんかいなかったのだから、仕方がない。

そう反論したいが、よくよく考えてみればあのときのミルーティはあきらかに怪しかった。言うことを信じた自分が悪いと反省している。

「もっと勉強します……」

仕方なくそう言うと、ジェイドは、この部屋に控えていた茶色の髪をした女性に向き直る。

「ティラ、誓約しろ。お前の持てる力全てを尽くして、命を捧《ささ》げ、優衣を守ると。この誓約はお前の命よりも重い」

するとティラと呼ばれた茶色の髪の侍女は、ジェイドの足下に跪《ひざまず》いた。

何だか雰囲気が違う、と思った。

王城にも侍女はたくさんいたが、王家に忠誠を誓っているというよりは仕事としてやっているという印象だった。もちろん仕事だから一生懸命にやるだろうが、きっと心から従ったりはしない。

でも、この人は違う。

ジェイドに心底従っていて、彼が命を投げ出して守れと言えば、彼女は絶対にそうするだろう。

「誓約致します。私は優衣様を守るために命を捧げます」

そう口にする彼女は、本気に見える。

（でも命を捧げるとか、そんなの……）

ジェイドの服の裾を軽く引っ張って、彼の意識をこちらに向ける。

「どうした？」

「ヤダよ、そういうの。命を捧げるとか簡単に言わないで」

驚いたように目を見開いた彼は、次の瞬間、とても優しい笑みを浮かべた。

初めて見る顔だった。

ジェイドは、こんなにも穏やかな表情をすることができるのだ。

どきん、と胸が高鳴ったのを感じる。

「誓約の決まり文句のようなものだ。本当に命を捨てろと言っているのではない」

そして宥《なだ》めるように、優衣の黒髪に優しく触れる。

「大丈夫だ。ティラが命を懸けて守らなければならないような状態に陥ることはない。お前が、おとなしく、何もせずに、この結界の中にいる限りはな」

（そんなに念入りに言わなくても……）

そう思ったが、前科があるので仕方がない。

「はい。おとなしくしています……」

自分だけならまだしも、ティラが命を懸けるような事態になったら大変だ。

「それでいい。庭までなら大丈夫だ。もし外部から声を掛けられても答えるな。欲しいものがあればティラに言え」

「うん、わかった」

まるで子どもを置いて仕事に出かける母親のようだと思ったが、もちろん口には出さない。そんなことを言ったら、誰のせいだと睨《にら》まれるに違いない。

いつのまにか夕陽は沈み、周囲はすっかり薄暗くなっている。

食事の支度まではあと少し時間がかかるらしく、優衣はこれから住むことになる部屋で、ゆっくりと寛《くつろ》いでいた。

そのうち食事の用意ができたとティラが呼びに来てくれた。彼女に連れられて、一階の食堂まで降りる。

「わ、すごい」

大きな細長いテーブルには様々な料理が並んでいる。盛りつけも綺麗で繊細で、使っている食器も高級そうなものばかりだ。

「おいしそう」

小さく手を合わせて、いただきます、と呟く。

昼間食べた、シンプルな料理もおいしかった。でもこれは格別だ。

向かい側にはジェイドが座っている。

その前には白い陶器の茶器セットがあるだけだ。ちらりと視線を向けると、彼はぼんやりと窓の外を見ているようだ。

「ジェイドは食べないの？」

そう尋ねると、彼は視線を外に向けたまま、ああ、と小さく答えた。考えてみれば、ジェイドが食事しているところを見たことがない。何か事情があるのかと思ったが、それ以上聞くことができずに食事を再開した。

「ごちそうさまでした」

考え事をしながら、それでもおいしく最後まで食べ終わる。

「とってもおいしかったです」

傍《そば》で給仕をしてくれたティラにそう告げると、彼女は優しく微笑んだ。

食事の後は大きくて綺麗なお風呂を使わせてもらい、部屋に戻った。

ふかふかのベッドに横たわると、あっという間に眠りについてしまった。今日も初日に劣らず色々とあって、疲れ果てていた。

（毎日、こんなだったらどうしよう……）

きっと明日こそ平穏な日に違いないと信じて、眠りについた。

そして迎えた次の朝は、とてもさわやかな気分で目が覚めた。

柔らかいベッドの上で手足を伸ばし、鳥の囀《さえず》りを聞きながら目を開く。すると目の前には思わず視線を奪われてしまうくらい、綺麗な顔があった。

綺麗なものっていいな。

そう思ったところで我に返った。

(な、なんで私の隣にジェイドがいるの？)

悲鳴を上げて飛び起き、そのままの勢いでベッドから落ちる。膝を打ち、その痛みに顔を顰《しか》めたところで、昨日の決意を思い出した。

よし、湖を探そう。

残念ながら、引っ張っても起きないジェイドをベッドから降ろそうとした時点で、悲鳴を聞いて駆けつけてきたティラに必死に止められた。

「……騒がしいな」

その騒ぎでようやく目が覚めたジェイドは、優衣が思わず羨ましくなるくらい、さらさらの綺麗な金色の髪を掻《か》き上《あ》げて、優衣を見つめた。

「どうして私の部屋に、部屋ならまだいいけどベッドに寝ているのよ」

そう怒鳴りながらも、部屋まではいいなんて随分ハードルが下がったな、と我ながら思う。

(昨日までは、部屋に入ってきたら湖コースだったのに)

「起こしに来たら、あんまり気持ちよさそうに寝ていたからな。思わずつられた」

そう言いながら、ジェイドは再び寝転がる。

(そこは私のベッドだっての)

引《ひ》き摺《ず》り降ろそうと思ったが、次の言葉に思わず手を止めてしまう。

「……こんなに眠ったのはひさしぶりだな」

こんなに、と言っても起こしに来たくらいだから、せいぜい一、二時間だろう。

「普段、眠れないの？」

思わず尋ねると、彼は目を閉じたまま頷《うなず》いた。

そう言われてしまうと、もう強引に引き摺り降ろす気にはなれず、仕方なくティラを見る。彼女も戸惑ったように、そのまま眠ってしまったジェイドを見ていた。

「……先に朝食にしますか？」

「うん」

優衣はティラの提案に頷くと、眠っているジェイドを残して部屋を出た。

用意してくれた朝食も、とてもおいしかった。

野菜の味がしっかりと出ているスープ、焼きたてのパン、新鮮な果物。おいしいものを食べていると、不思議と心が落ち着いてくる。

「ジェイドってそんなに夜、眠れないの？　そういえばご飯もほとんど食べてないみたいだし」

食事をしている優衣の傍で、いつも紅茶などを飲んでいるだけだったと思い出す。気になって給仕をしてくれるティラに尋ねると、彼女は困ったように頷いた。

「はい……。そうなのです」

魔族を従わせるほど、力に満ちたジェイド。

それなのに食べられない、眠れない。

彼はどんな闇を、その美しい外見の中に潜ませているのか。

深入りしてはいけないと、心が警鐘を鳴らしている。それなのにもう優衣の脳裏には、彼の安心したような寝顔がしっかりと焼きついてしまっていた。


朝食を終えてから部屋に戻ってみると、ジェイドはまだ眠っていた。

優衣はベッドの空いている場所に座り、太陽の光を反射して煌めいている金色の髪を、そっと撫《な》でてみる。さらさらとした心地好《ここちよ》い感触が、指の間から零《こぼ》れ落《お》ちた。

（綺麗な髪だよね）

この世界では誰もが優衣の黒髪を褒めてくれるが、ほとんどの人が黒髪の日本で育った優衣としては、彼の煌めく金髪の方が珍しかった。

しばらくそうしていても、ジェイドが目を覚ます様子はなかった。

こんな無防備な姿は珍しいを通り越して不気味なくらいだが、彼にとってここが自分の家だという安心感もあるのかもしれない。

（さて、どうしようかなぁ……）

髪を撫でるのも飽きた優衣は、立ち上がって周囲を見回す。

今日は新しい本を借りたいから図書館に連れていってほしいとお願いするつもりだった。でもこんなにゆっくりと休んでいるのに、そのために起こすのも悪いような気がする。

（じゃあ何をしようかな？）

眠っている人と一緒に過ごすのも、ちょっと気まずい。

この綺麗な屋敷を、見学してみるのもいいかもしれない。

お茶を持ってきてくれたティラに、館の中を見てまわってもいいか尋ねる。すると、鍵の掛かっていない部屋ならば、自由に見てもいいという。

（……いや、いくら私でも鍵の掛かっている部屋を、無理矢理開けたりしません。そんなスキルもないし）

とにかく許可をもらったので、この広い館の中を歩いてみることにした。

さっそく部屋から出ると、広い廊下がある。

高所にある窓から、眩《まぶ》しくて暖かい太陽の光が降り注いでいた。

すぐ近くに大きな森が見える。

風に揺れる木の葉がざわめき、それに対抗するかのように鳥の鳴き声が響き渡る。

こんなに自然に近い場所にあるのに、この館は、あの温泉の近くにあった王家の別荘よりも豪華な造りだ。

白を基調にしているから、かなり念入りに手入れしないと汚れが目立つだろうな、などと庶民的なことを考えながら、広い廊下を歩く。

まるで美術館やホテルを見学している気分になってあちこちを覗《のぞ》きながら歩いていると、中庭が見えた。

王城にあったような、人の手で造り上げた見事な庭園ではなく、花や木が自然のまま存在している空間だ。

　つまりこの美しい館にはかなり不釣り合いの、荒れ果てた庭だったのだ。

　館の前にある庭はあんなにも美しく整えられているのに、どうしてここだけ手入れがされていないのだろうか。逆に興味を覚えて入り口を探すと、廊下の隅に隠されているかのように存在する扉を発見した。

「あ、ここから入れるのね」

　鍵が掛かっている。

　でもその扉には、鍵が差し込まれたままだ。

　これはどう判断すればいいのか。

「……うーん。入っていいのか、悪いのか」

　考え込むこと、数秒。

　どうしてこの中庭だけこんなに荒れ放題になっているのか、どうしても気になる。

　優衣は好奇心に勝てず、そっと扉を開いて中に入った。

「庭はいいって、ジェイドも言っていたし」

　一歩、足を踏み出す。

　するとたちまち空気が変わった。

　身体《からだ》を包み込む重苦しい空気。

　あれ、と思って足下を見ると、そこには魔法陣のようなものが描かれていた。それを踏んでいる優衣の足の下から広がっていく、紫色の光。

（ああ、やっぱりここは入ってはいけない扉だった……）

危険かもしれないのに、好奇心が勝って入ってしまった。ホラー映画のヒロインのようだったと嘆いてみても、もう遅い。

紫の光が身体を包み込んでいく。

眩しくて目が開けていられなくて、目を閉じた。

ふわりとした浮遊感を覚えたのは、ほんの一瞬。

次の瞬間には、かなり高い所から落ちたような衝撃が襲ってきて、その場に座り込む。

「い、痛ぁ……」

腰をさすりながら周囲を見渡した。

「え？　ここ、どこ？」

どうやら、四方をガラスに囲まれた部屋のようだ。大きさは充分にあるし、透明なガラスなので圧迫感はないが、扉がないから出ることもできない。

「誰かいませんか？」

大声で叫んでみるけれど、声が反響するだけで何の返答もない。こんこん、とガラスを叩《たた》いて、さらに声を張り上げた。

「誰かー、いませんかー？」

こちらに近付いてくる足音が聞こえたのは、そのときだった。

ガラスに貼りついて、足音の主が近付いてくるのを待っていた優衣は、その姿が見えた途端に背筋がぞくりとするのを感じた。

怖い。

姿が見えただけなのに、手が震える。

背筋が凍りつくようだ。

あの森で遭遇した魔族など、まだ安全なほうだったのだと思い知る。

金と朱の入り混じったような不思議な色合いの目が、ガラス越しに優衣を見据えていた。

腰まで伸びている長い髪は、まるで身体に炎が纏《まと》わりついているかのような赤。黒い服と白い肌にその赤が映えて、とても綺麗だった。

美しい。でも身体が震えるほど恐ろしい。

逃げたいと思うのに、ガラスに貼りついたまま動けなかった。

彼は目の前まで歩いてくると、不思議そうに首を傾げる。

「君は……。人間のようだね。もしかして、迷子？」

「へ？」

思わず間抜けな声が出る。

殺されるかもしれない。

そう思って怯《おび》えていたのが馬鹿らしくなるくらい、優しい声だった。その彼が手を掲げると、優衣を捕らえていたガラスの壁が消滅する。

「どうやってここまで来たのかわからないけど、危険だよ。早く逃げたほうがいい」

「に、逃げるって言われても。ここはどこなんですか？」

敵意のない口調に、怯えていたことも忘れてそう尋ねていた。

「ここは、魔族の住処《すみか》だよ。だから……」

彼から感じるのは、温泉地で遭遇した魔族などとは、比べものにならないくらい強い気配。それなのにとても心配そうに言われてしまい、優衣は戸惑う。

優衣がさらに尋ねようとしたそのとき、目の前にいた赤い髪の青年が、何かに怯えるようにびくりと身体を震わせる。

直後、ふたりの背後に現れた気配。

「……ルシェー、それに触れるな」

そして聞き覚えのある、でも聞いたことのないくらい威圧感のある声に、優衣も後退《あとずさ》り、振り返る。

ふたりの背後に立っていたのは、ジェイドだった。

直前まで眠っていたのだろう。

金色の髪が少し寝乱れていて、それが妙に色気がある。

でも今はそれを恥ずかしがる余裕もない。優衣は震える手を握り締めて、思わずルシェーと呼ばれていた、赤い髪の青年の背後に隠れる。

むしろジェイドのほうが怖い。

（ど、どうしてそんなに怒っているの？）

だが、それによってさらにジェイドの放つ気が凶悪なものになる。中庭に勝手に入ってしまったことを、怒っているのかもしれない。

「ご、ごめんなさい。暇だったから建物の中を見ていたら、何だか荒れ果てた中庭があって。思わず入ってみたの」

こうなったら謝るしかない。

優衣はルシェーを盾にしたまま、一気にそう言った。

「ティラさんに鍵のついた部屋に入ったら駄目って言われたけど、鍵が差しっ放しになっていて。それでつい……」

必死に言い訳をしているうちに、ジェイドは呆《あき》れたような顔になっていく。

それでも、あの威圧されるような恐ろしさは消えていた。それに安堵《あんど》して、ようやくルシェーの背後から前に出る。

「……帰るぞ」

まだ不機嫌そうだったが、ジェイドはそう言った。

これ以上彼の機嫌が悪くなったら大変だと、優衣は躊躇《ためら》わずに傍に駆け寄る。すると、ジェイドの雰囲気が目に見えて柔らかくなる。もう怒ってはいないらしい。

「ええと、ルシェー、さん？　庇《かば》ってくれてありがとう」

一応そう言ってみたが、庇ってくれたというよりも、優衣が勝手に盾にしたというほうが正しい。

だからルシェーも、曖昧な顔をして頷いていた。

「え……。あ、はい」

ジェイドはそんなルシェーにちらりと視線を向けたが、何も言わずに魔法を使う。

あいかわず魔法での移動はあっという間だ。気が付けばもう館の中だった。荒れ果てた中庭が目の前にある。

「……どうして中庭から、あんな場所に通じていたの？」

飛ばされた場所は魔族の住処だと、ルシェーが言っていた。ここから通じる先にしては物騒すぎる。だが、返ってきたのは深い溜息だけ。

言葉に出さずとも、彼が思っていることはわかる。

説明するのが面倒、だ。

だったら質問を変えてみよう。

我ながら、すっかり彼の怠惰に慣れてしまったのは悲しいことだが、優衣は先ほど会った赤い髪の青年を思い出す。

「えーと、彼はルシェー、っていうの？」

「ああ、そうだ。純粋な魔族ではないから、そんなに恐れることはない」

今度は面倒ではなかったらしく、あっさりと答えてくれた。

「え？　それって……」

「……あいつの母親は人間だ」

魔族との混血。

人間と魔族が恋愛をするのならば、その子どもが生まれることもあるかもしれないと思っていた。

実際に魔族と遭遇した今だからこそ、よくわかる。最初に彼を見たときに感じた恐ろしさは、間違いなく魔族のもの。

でも話してみると、普通の人間のようだった。

「純粋な魔族でなければ、守護者にはなれないの？」

力があって、しかも人間のように接することができる。そんな相手なら、選出者にとっても守護される側にとっても良いのではないか。

そう思って尋ねてみたが、ジェイドはすぐに否定する。

「無理ではないが、あれに他の魔族と戦えると思うか？」

「それは……」

たしかに、優衣が近付いても怖くないくらい優しそうな魔族だった。

「それに人間の血が混じった魔族は、力が安定しないことが多い。それさえなければな」

「そうなんだ」

ジェイドの言葉に違和感を覚える。

彼は、人間の血が混じった魔族と言った。些《さ》細《さい》なことかもしれないが、自分達の立場からすれば、魔族の血が混じった人間と言うのではないか。

（まるで魔族側のような……）

「優衣、今日はどうするつもりだ？」

考え込む優衣の様子に、ジェイドは気付いていなかった。そう尋ねられ、図書館に行きたいと告げる。

「この間借りた本も返したいし」

「わかった。準備をして待っていろ」

それだけ言うと、ジェイドの姿は消えた。

残された優衣はしばらく荒れ果てた中庭を見つめていたが、やがてそれを振り払うように首を振る。

（考えすぎよね、うん）

それから部屋に戻ると着替えをして、彼が来てくれるのを待つ。その間に、今まで借りていた魔族に関する本を開いてみる。

ふと思い出すのは、赤い髪をした人の良さそうな青年。

ルシェーは、どんな魔族の血を引いているのだろう。彼の金と朱が入り混じった不思議な瞳、そして炎のように赤い髪を思い浮かべながらページをめくる。

「これかな？　えーと、火竜族？」

そこには、彼と同じような瞳と髪をした姿が描かれている。

力はかなり強いが、他の魔族と違って理由もなく人間を襲うことはないらしい。一部の国では信仰の対象にさえなっているようだ。

（魔族ではなく、竜族として区別している国もあるのね）

混血とはいえ、ルシェーの力もかなり強かった。しかし性格は穏やかで、迷い込んだ優衣の心配をしてくれたくらいだ。

（それに比べて他の魔族は、気紛《きまぐ》れで残忍。寄るな危険！　だものね……）

しかも魔族は強いくせにわりと群れる。人間達の国のように、他の魔族を従えている魔族の王もいるらしい。

（いわゆる魔王さまってヤツ？　魔法に魔王とか、まさにファンタジーね）

ふと、優衣はまた考える。

どうしてあの館の中庭が、魔族の住処に続いていたのだろう。

本を閉じたところで、ジェイドが迎えに来てくれた。そのまま魔法で、図書館に移動してもらう。

「昼には迎えに来る。二階から出るなよ」

「うん」

彼の忠告に、素直に頷いた。

さすがにもう、危険な目には遭いたくない。

（毎回言っている気がする。でも私のせいじゃない……よね？）

ジェイドの姿が消えると、気を取り直して借りてきた本を返却した。

そのまま図書館の中を歩き回り、次の本を選ぶ。

「魔族に関する知識がないって言われちゃったし、勉強しないとね」

ここに来てから色んなことがあって、それに適応するだけで精一杯だった。だが、知らなければならないことは、思っていたよりもずっと多いようだ。

（よし、がんばるぞ！）

気合を入れ直して、本の背表紙を見つめる。

まず調べたいのは、魔族と人間とのハーフについて。

ルシェーに出逢《であ》ってから、少し気になっていた。

力が不安定とはどういうことか。町には、ルシェーのように魔族の気配を持った人間はいなかったと思う。だとしたら彼らはどこに住んでいるのか。

だが、どれだけ探してもそれに関する本は見つけられなかった。

（一冊もないって、ちょっと不自然よね。うーん……）

「優衣？」

どうしたらいいか悩んでいると、ふと後ろから名前を呼ばれた。振り向くと、見覚えのある女魔導師がこちらに向かって歩いてくる。

「あ、マルティさん」

最初の頃よりはだいぶ打ち解けた顔で、彼女は笑った。

ふたりの距離を近づけたのは、間違いなくあの女。

悪役のミルーティだ。

「昨日は災難だったわね。もう大丈夫？」

「うん。もう絶対にあの人には近寄らない」

ミルーティの顔を思い出しながら、力強くそう言う。

本当に、ジェイドが来てくれなかったら殺されていたのだ。

「その方がいいわ」

深く頷いたマルティは、優衣の手もとを覗き込む。

「何を探していたの？」

「あ、えーと」

聞いてもよいことなのか、少し悩む。だが、マルティなら答えを知っているかもしれない。

「魔族と人間が恋愛するなら、子どもが産まれることもあるのかなぁ、って思って。それを調べてみたくて」

「……」

それを聞いたマルティは、表情を変えた。

しばらく考え込んだあとに、そうね、と小さく呟く。

「優衣はこの世界の人間じゃないもの。知らないのも当然よね。でも、それに関する本はないわ。昔は少しくらいあったかもしれないけれど、二十四年前にすべて焼き払われたの」

「え」

本を焼き払うなんて尋常ではない。優衣は息を呑《の》む。

「あなたには、その理由を話しておいたほうがいいかもしれない」

そう言ったマルティの顔があまりにも真剣で、優衣は戸惑う。

「それ、私が聞いても大丈夫なの？　マルティさんが危険になったりしない？」

慌ててそう聞くと、マルティはくすりと笑う。

「本当にあなたって、平和というかお人好《ひとよ》しというか。穏やかな世界で生きてきたのね。私なら大丈夫。だから聞いて」

「……うん」

立ち話をするわけにはいかないと、ふたりは優衣が借りている個室に入る。向かい合わせに座ると、マルティは話し出した。

「人間と魔族の間に子どもができることは、稀《まれ》にあるわ。でも、無事に産まれる割合はとても低いらしいの。理由はよくわかっていないけれど、たぶん魔族の血を引く子どもの魔力が強すぎて、母親の身体が耐えられないから。だから子どもができても、母親と一緒に亡くなってしまうことが多いと言われているわ」

「そ、そうなんだ……。守護者と選出者の間でも？」

「ええ。守護者となった魔族は、選出者の命を守るために、子どもを捨てたり殺したりすることもある。魔族は生存本能が強いけれど、守護契約を結ぶとその気持ちもなくなるらしいわ。ただ相手を愛し、住まう国を守るの」

それは本当に愛なのだろうか。

優衣は疑問に思う。

(どっちかというと、洗脳とか精神支配に近いような……)

あの恐ろしい魔族をそこまで変えてしまうのは、本当に愛だけなのだろうか。

「ちょっと不自然、だよね？」

思わずそう言うと、マルティは不思議そうな顔をする。この国の人間にとっては、それが当たり前のことなのか。

「無事に産まれることもあるらしいわ。でも力は不安定で、暴走の危険があるから、人間の町では暮らせない」

ハーフは不安定だとジェイドも言っていた。人のよさそうなルシェーの顔を思い出して、少し切なくなる。

「魔族の血を引く人間についての本がすべて焼き捨てられたのは、二十四年前のある事件のせい。そのことは今でも禁忌になっているから、他で話したり、聞いたりしてはだめよ」

マルティが、少しだけ声を潜めてそう言った。

「そんな話を、私が聞いてもいいの？」

「選出者候補には無関係な話ではないから。あなたは黒髪だし、魔族を引き寄せるからね」

そう言って、彼女は語り出す。

「二十四年前に、王妹殿下が魔王に攫《さら》われたの。魔族は美しいものが好きだから、王妹殿下の美貌に目をつけたのね。王妹殿下はあまりにも美しくて、一度見た者は魂を抜かれたようになったらしいわ」

優衣は、対面した国王の顔を思い出す。たしかに堂々とした偉丈夫だったが、それほど可憐《かれん》で美しい妹がいたのかと驚いた。

「そのとき、守護者はいなかったの？」

「もちろんいたわ。でも、魔王のほうが遥かに強かった。それでも王妹殿下は、優れた魔導師でもあった。この大陸の中でも、彼女を凌《しの》ぐ者はいないと言われているほどの魔力を持っていたの」

彼女は、ただ助けを待つだけのお姫様ではなかった。

魔王と凄《すさ》まじい戦いを繰り広げ、何とか隙をついて倒したようだ。

「す、すごいね。人間が魔族を……。しかも魔族の王を倒せるなんて」

どれほど強い魔導師だったのだろう。

思わずそう言うと、マルティの顔が曇った。

「でも、王妹殿下も無事ではなかった。国中から集めた精鋭部隊が力尽きた王妹殿下を何とか救出したあと、魔王の子を身籠っていたことがわかったそうよ」

「！」

衝撃的な話に、思わず息を呑む。

「王妹殿下の魔力は人としての限界を遥かに超えていたから、魔王の子どもを産むことができたのね。でも、それが限界だった。王妹殿下は出産で命を落とし、その子どもも死んだみたい。それから国王陛下は魔族と人間のハーフに関する本をすべて焼き払ったの」

　それだけ憤っていたのだろうと、マルティは語る。

「私に話せるのはここまでよ。優衣も充分、気を付けてね。魔族に襲われたら最後よ。あなたは黒髪だから、危険度は私達よりも高いわ。王妹殿下も美しい黒髪の女性だったから」

「……ええ。ありがとう」

　あまりにも衝撃的すぎて、それしか言えなかった。

　マルティが去ったあと、優衣はひとりで考え込んでいた。

　この国には、こんなにも壮絶な過去があったのだ。

　最初の審議会で会った国王の顔を思い出す。そんなことがあったのなら、国がより強い守護者を求めるのは、仕方がないのかもしれない。

（でも……）

　優衣は考える。

　マルティの話には驚いたが、いくつかの疑問が残った。

　まず、守護契約とは本当に安全なものなのだろうか。聞いた話では、相手を支配して、自分の思うままに動かす洗脳のようなものに思える。

（何かまだ、隠された真実がありそうね）

　国王がすべて焼き払ったという本に、真実が書いてあった可能性もある。

（それにジェイドは、契約さえ結んでしまえば大丈夫って言っていたわ。やっぱりこの守護契約って、相手の魔族の意志を奪うものだったりして）

いくら相手が魔族でも、そんなことはしたくない。もっと詳しく知りたいと思うが、そんなことが本に書いてあるとは思えない。

「ジェイドに聞いても、答えてくれるはずないよね」

思わずぽつりとそう呟くと、背後から声がした。

「何をだ？」

「それは、守護……」

はっとして顔を上げると、いつの間にか目の前にジェイドがいた。

優衣は唖然《あぜん》として、存在することが不思議なくらい綺麗な顔を見上げる。

いつも彼と別行動をすると、本当に迎えに来てくれるか心配になる。

別れた瞬間、あっさりと存在を忘れ去られそうだと思っていた。だからこうして約束の時間前に、ちゃんと迎えにきてくれたことが嬉《うれ》しい。

「ありがとう。迎えにきてくれたのね」

思わず笑みを向けると、ジェイドは少し戸惑ったように視線を逸《そ》らした。いつものように不遜な顔をすると思っていた優衣は、その反応に驚く。

（え、何それ……。不意打ちはやめてください……）

もともと恐ろしいくらいに整った美貌だけに、心臓に悪い。

「何か聞きたいことがあるのか？」

「え……と……」

わざわざ彼が、ありえないほど親切にそう聞いてくれているのに、優衣は躊躇ってしまった。

（マルティさんから聞いたって、話しても大丈夫なのかな。うーん、禁忌だって言っていたし……）

彼女に害が及ぶようなことになったら、大変だ。そう思って優衣は、何でもないと首を振る。

「ううん、大丈夫！　何でもないよ！」

思わず彼から離れるようにして後退りする。それが、やましいことがあると伝えていることに、優衣は気が付いていなかった。

「遠慮しなくてもいい。聞きたいことがあるのだろう？」

声と言葉は優しいが、その瞳の奥底には警戒の色がある。優衣が何かを隠していると見破ったようだ。

（ど、どうしよう……）

適当なことを言って誤魔化そうとしても、それができる相手ではない。後退りする優衣を追い詰めるように、ジェイドは距離を詰めてくる。

（というか、無駄に綺麗な顔だなぁ、本当に……）

その笑顔がとても怖いのに、どきりとするという、どう反応したらいいのかわからない感情に支配される。

「さあ、話してみろ」

ジェイドはそんなことを言いながら、優衣の腰に手を回して抱き寄せた。

（ちょっ……。近い近い！　今までそんな素振りなんて見せなかったくせに、なんで急に接近してくるの？）

パニックになりながら暴れると、耳もとで笑う声がした。

いちいち色っぽいのでやめてほしい。

「ち、違うの。私はただ、心配になったから！」

両手を突っ張ってジェイドから必死に離れようとしながら、ほとんど叫ぶようにしてそう言った。

「心配？」

「そう。もし万が一奇跡が起きて、私が魔族と守護契約を結べたとしたら、本当に帰れるのかなって」

もしかしたら嘘《うそ》かもしれないと思ったと、正直に告げる。

言うしかなかった。

「なるほど。俺の言葉を疑ったわけか」

「疑ったっていうか、大丈夫かなって思っただけで……」

「心配はいらない。目的を果たしたあと、もとの世界に帰すと約束をした。それを違《たが》えるつもりはない」

ジェイドは優衣を片手に抱えたまま、いっそ優しささえ感じる口調でそう言う。

「ほ、本当に？」

「ああ」

もう怒っていないなら、離してもらえないだろうか。そう思いながら何気なく離れようとしてみたが、ジェイドの腕は少しも緩まない。

「帰りたくないのか？」

「帰りたいよ。でもこの国は本当に大丈夫？」

「優衣」

ふとジェイドは、名前を呼んだ。

その声に宿る優しさに、思わず目を見開く。それは先ほどの胡散臭《うさんくさ》いものとはまったく違っていた。

「な、何でしょう？」

「お前は俺に召喚されて、この国に来ただけだ。帰ったあとのことなど、何も考えなくてもいい。この国がどうなったとしても、お前には何の責任もない」

気遣ってくれるような口調だったが、優衣はおそるおそる彼を見上げる。

こんなに優しいのはジェイドではない。ありえない。

「……何か企《たくら》んでいる、よね？」

思わずそう尋ねると、あっさりと頷いた。

「ああ、そうだな」

「ですよね……」

初対面からこんな優しい態度だったら、騙《だま》されていたかもしれない。でも、さんざん見てきたあとだ。いまさら騙されない。

「俺は、この国ではなく自分の目的のために、お前をこの世界に呼び出した。だからお前も俺に従ってもらう」

いっそ清々《すがすが》しいくらい、ジェイドは傍若無人だった。

「私に選択の余地なんて、最初からなかったのね」

「よくわかっているな。その通りだ。もとの世界に帰りたかったら、さっさと守護者を見つけることだ」

「うう……。わかったから、離してください」

とにかくジェイドから離れようと、彼の腕の中で暴れる。

だが優衣の願いとは裏腹に、ジェイドは優衣の顔を覗き込もうとして、ますます密着してくる。

（ちょっ、近いってば！　美形も過ぎると毒だよ！）

「何をそんなに動揺している？」

「はい？」

あまりにも優衣が慌てすぎて、まだ何か隠しているのではないかと疑っているようだ。

「ど、ど、動揺なんて……」

「してないとでも言うつもりか？　まさか、この状況で？」

「……恥ずかしいだけだから。私、あまり男性と接したことなくて」

ここまで来たら、もう隠しても仕方がない。正直にそう言ったのに、ジェイドはまだ疑っているようだ。

「見え透いた嘘を言うな」

「もう、本当なんだから！　自慢じゃないけど、男の人とちゃんと付き合ったことなんて一度もない！」

思わず叫ぶようにそう言ってしまい、慌てて口もとを押さえる。

忘れていたが、ここは図書館だ。

ちらりとジェイドを見上げると、彼は唖然としていた。

人選を間違えたか、と呟いた声が聞こえて、腹立たしくなった優衣はその腕から無理矢理抜け出す。

「とにかく、そういうことなの」

相手が人間でも大変そうなのに、いくら自分の見た目が魔族の好みだからといって、あんなに恐ろしい彼らを誘惑することなんてできるのか。

本当は怖くて、不安なのだ。

感情を爆発させたことによって、その恐怖まで自覚してしまい、優衣は思わず涙ぐむ。

「本当は、怖くて嫌よ。それでも帰りたいから、頑張ろうとしているのに！」

初日から引っ張り回され、面倒だと放置されたことも一度ではない。それを思い出して涙目で睨むと、ジェイドは狼狽《うろた》えたように視線を泳がせる。

まさか彼がそんな顔をするとは思わなくて、優衣の怒りは一瞬で消えていた。

「ええと……。だから、その。頑張るけど、初心者なので。少しくらいは、大目に見てください」

動揺していたのだろう。

自分でも何を言っているのだろうと思うが、気が付いたらそう言ってしまっていた。

だが返ってきた答えを聞いて、優衣は心の底から驚くことになる。

「わかった。お前が目的を達するために努力すると言うのなら、俺も協力しよう」

あのジェイドが。

こちらを振り回すだけ振り回して、こちらの要求には面倒だと溜息をついていたジェイドが、協力すると言ってくれたのだ。

やはり言われるまま動くだけでは駄目だったのだと、優衣も反省する。これで少しはやりやすくなるだろう。

（……ん？　でも協力って？）

何だか嫌な予感がするのは、気のせいだろうか。

ただ彼は、すべてが終わったら優衣をもとの世界に帰してくれるという約束を破るつもりはないようだ。

それが聞けただけでも、よかったと思う。

（でも、まさかこんな展開になるなんて）

優衣は目の前にいるジェイドを見上げて、思わず溜息をついていた。

あんなことがあってから、彼は見違えるくらい優しくなった。

それは喜ばしいことなのかもしれないが、あまりにも過剰すぎて、はっきり言って不気味なほどだ。

まず翌朝のこと。

天気の良い、さわやかな朝だった。

少し開いた窓からは、心地よい風が入ってくる。

自然に目が覚めた優衣は、手足を伸ばして思い切り背伸びをしたところで、固まった。

何となく人の気配がして横を向くと、隣にはジェイドの姿があった。

目を閉じているせいで、どこか人形めいた印象を受ける容貌。

相変わらず、腹が立つくらい美形だった。

隣に寝ていたのは、まだ良い。

本当は良くないが、二度目だったから何とか叫ばずにすんだ。それでも悲鳴を押し殺して息を呑むと、気配を感じたのか、ジェイドが目を覚ました。

どうやら昨日と違って、目覚めは良いようだ。

彼はベッドの上に座ったまま硬直している優衣を見ると、ふと表情を緩ませる。

かなり機嫌が良さそうだ。いつも、こんなにも美形なのにいつも不機嫌そうな顔をしていてもったいないと思っていた。

でも、今はそれを訂正したい。

（綺麗な顔で微笑まれるのって、破壊力が凄《すご》すぎる……。もう、ちょっと限界です……）

それなのに、彼はさらに攻撃を仕掛けてきた。もちろん、優衣の精神にだ。

「おはよう、優衣」

そう言うと、優衣の艶《つや》やかな髪を優しく撫で、さらに額に唇を軽く押し当てる。

「ひっ」

思わずそんな呻《うめ》き声《ごえ》を上げて、後退る。

（デコチューとか、そんな殺傷力の高い攻撃を初心者に仕掛けるとは……。鬼か！）

ジェイドのほうは、青ざめる優衣を見て眉をひそめる。

不機嫌さを隠そうともしない。これがいつもの彼の姿だ。

「これくらいでも駄目か。先は長そうだな」

「へ？」

「協力すると言ったはずだ」

あのときの嫌な予感は、どうやら当たっていたようだ。

ジェイドは本当に、優衣が男性に慣れることができるように手助けしてくれるつもりらしい。

「いや、ムリムリ……」

思わず首を振ってそう言っていた。

たしかに、いきなり男を誘惑してこいと放り出されるよりは、親切なのかもしれない。

でも相手が悪すぎる。

離れたところで見ているだけで、息が止まってしまいそうな美形が相手だなんて、素人がプロに戦いを挑むようなものだ。

「無理でもやってもらう。お前だって早く帰りたいだろう」

「それは、そうだけど」

「とにかくこのままだと、とうてい無理だということはわかった。今はこの世界の勉強よりも、こちらが優先だ」

「とうてい無理とか、ひどい」

さすがにそこまで言われると、女として傷つく。だが、ジェイドはあっさりと告げる。

「事実だ」

「……」

反論できなかった。

とにかくこのままでは家に帰れない。とうてい無理だと言われたままなのも、少し悔しい。

優衣は覚悟を決めて、ジェイドを見上げた。

「わかった。頑張る」

そう言うと、彼の表情が柔らかくなる。

それを見ただけで胸がどきりとするのだから、我ながら異性に対する耐性が皆無だなと悲しくなる。

でもこのジェイドが大丈夫になれば、大抵の男性は平気になるに違いない。

（そう思っていた時期が、私にもありました……）


それから、数日間。

ジェイドはたしかに前とは比べものにならないくらい優しかったし、とても協力的だった。

景色の良い場所に連れていってくれた。

町にある高級そうな店で食事をしたこともある。

髪を撫でたり肩に触れたりといった、こちらが身構えない程度のスキンシップで優衣の緊張を和らげようとしてくれた。

それなのに慣れるどころかますます緊張してしまう優衣に、ジェイドもとうとう呆れた様子で言った。

「慣れるどころか悪化しているのは、どういうことだ……」

「だ、だって……」

最初の頃はあまり意識していなかったから、普通に話もしたし、何気なく触れ合ったりもできた。

でもこうして女性として丁重に扱われてしまうと、本当に恥ずかしくて、どうしたらいいのかわからなくなってしまうのだ。

「我ながら、こんなにひどいとは思いませんでした」

優衣は肩を落として、吐き出すようにそう言うしかない。

目を合わせただけで赤面し、微笑みを向けられると胸が苦しくなる優衣に、さすがのジェイドもお手上げの様子だ。

このままだと本当に、もとの世界に帰ることができないかもしれない。

さすがに焦燥感が募る。

「相手がジェイドじゃなかったら、まだ大丈夫かもしれない」

とにかく何とかしなければと、思わずそう言ってしまった。

ジェイドのような美形が相手でなかったら、普通に話くらいはできる。だが、それを言った途端に、彼の機嫌が目に見えて悪くなる。

「そんなに俺が嫌か」

「嫌ってわけじゃないよ！　本当に！」

怒っているというよりも拗《す》ねているような声に、優衣は慌てて両手を振りながら、いいわけをした。

そうしないと、危険な気がしたからだ。

（あれ、こんなこと、前もあったような？）

そう思いながら、必死に言葉を紡ぐ。

「むしろ逆。ジェイドの顔が好みすぎて、恥ずかしくて仕方がないっていうか。もう少し普通の相手なら、私だってここまで挙動不審にならないかなって」

あれ、私は何を言っているのかな。

そう思ったときにはもう遅く、真正面から優衣を見つめているジェイドと目が合ってしまう。

「あ、あはは。私、何を言っているのかな。ごめん、忘れて」

優衣は後退りしながら、そう言うしかなかった。

たとえ忘れてほしいと願ったとしても、それを承知してくれるような人ではない。

なにせ、あのジェイドだ。

おそるおそる彼の様子を窺《うかが》うと、ジェイドは何か考え込んでいる様子だった。

(きっとまた、碌《ろく》でもないことを考えているんだろうなぁ……)

外見だけは極上だが、中身は極悪非道で傍若無人な男だ。つい、そんなことを思ってしまう。

するとジェイドは、そんな優衣の心の声が聞こえたかのように振り向いた。

(ひっ)

あまりのタイミングに、思わずびくりと肩を震わせる。

そんな優衣を見つめたジェイドが、静かに語りかけてきた。

「ここまで、かなり譲歩して協力してきたつもりだ」

「あ、あはは。そうですね」

気持ち悪いくらい優しかったジェイドを思い出して、思わず日本人の得意技、愛想笑いを浮かべていた。

「だが、結果は散々だった」

「……も、申し訳ゴザイマセン」

さすがに散々だった自覚はあるので、素直に謝罪する。

優衣自身も、まさかここまでとは思ってもみなかったのだ。職場には男性もいたし、彼らとは普通に話をしていた。

（ん？　でも恋とか、最近したことないかも？）

学生時代に淡い片想《かたおも》いは経験していたが、勤めるようになってからは皆無だったと思い出す。

「あの、逃げたいわけじゃないけど、さすがに、その……。人選ミスかなって思うので、今からでも他の人を……」

恋ってどんな感情だっけ。

そこまで思ってしまったのだから、もう終わりだ。できるならチェンジを願いたかった。

だが、そう上手《うま》くはいかないらしい。

「そうしたいのは山々だが、もう審議会に出席しているからな。お前がやらないとなれば、俺が任務に失敗したと見なされる。何としても、やってもらわなければならない」

そう言うと、彼は深い溜息をついた。

（そんなの全部ジェイドの事情だし、私は巻き込まれただけ。しかも、やらないともとの世界に戻れないって脅かされてるっていうのに。それなのにどうして、私が悪いような気持ちになるのかしら）

遠い目をしながら、謎の罪悪感に悩まされてしまい、優衣もこれからどうしたらよいのか、考えていた。

するとジェイドがぽつりと言った。

「ルシェーを使うか」

「ルシェーって、あの？」

中庭から通じていた魔族の住処。そこで出逢った、火竜族の血を引く青年のことを思い出す。

ジェイドとはまた違った美形だった。

赤い髪に、朱金の瞳。

彼は火竜族と人間との混血で、魔族の力と人間らしい優しさを持っていた。

「火竜族の血は引いているが、人間の血が混じってしまったせいで、その力は純血の半分以下だ」

ひとりで死にかけていたところを拾ったのだと、ジェイドは言う。

（え、待って。私はどこに驚けばいいの？）

一度に得られた情報が多すぎて、混乱する。

中庭から通じていた魔族の縄張りで出逢ったルシェーは、優衣が思わず畏怖してしまうくらい恐ろしかった。

それでも、純血の半分以下の力しかないのか。

そして人間の血が混じってしまった魔族は、人間の町でも暮らせない。

優衣は、図書館でマルティから聞いた話を思い出した。

ルシェーはあれだけ強い力を持っていたのだ。彼の母親はおそらく、出産のときに亡くなっている。だとしたら彼を捨てたのは、火竜族の父親かもしれない。

人間と魔族が関われば、悲劇しか生まないような気がするのは、考えすぎなのだろうか。

（それにジェイドはまた、人間の血が混じってしまったと言っていたわ）

混乱しながらも、優衣はジェイドの言葉を思い出して尋ねる。

「彼を使うって、どうやって？」

「ただお前と一緒に行動してもらうだけだ。あれで魔族の力もあるから、慣れるには最適だ」

男性、そして魔族の血も混じっている。

そんな彼とともに行動すれば、少しは耐性がつくかもしれないということか。

「うん。でも、ルシェーさんは嫌じゃないかな？」

「あいつに選択肢などない」

彼もまたジェイドの被害者なのかと、優衣はふたりの力関係を悟る。

そう思うと、親近感すら湧いてくる。それに少しだけ話したが、彼は普通に常識人だったような気がする。

（うん、ジェイドが相手よりはずっと気楽かな？）

おとなしく頷くと、ジェイドの姿が消えた。

きっとルシェーを連れてくるのだろう。

寝起きのままだった優衣は慌てて着替えをして、ティラに頼んで簡単な朝食を用意してもらった。

ジェイドは自分があまり食事をしないものだから、優衣の食事も簡単に忘れる。あとでひもじい思いをするのは嫌なので、こうして自分できちんと食事をするようにしていた。

（今日はライ麦パンと目玉焼き、コーンスープ。そしてサラダですね。おいしいです）

食事を終え、食後のお茶を飲んでいるところに、ちょうどよくジェイドが帰ってきた。

彼は宣言通り、魔族の住む場所で出会ったルシェーを連れている。

だがその彼は、見ていて気の毒になるくらい困惑していた。その様子から察するに、碌な説明もしないまま強引に連れてこられたに違いない。

少し前までの自分を見ているようだと、優衣は同情心たっぷりに彼を見つめる。

「ルシェー、あとは任せた」

「え？　待って、ジェイド。僕は何を任されたの？」

彼は慌てているが、もちろんジェイドがそれを顧みることはない。そのまま転移魔法で消えてしまった。ルシェーは本当に心から困惑した様子で、残された優衣に視線を向ける。

「ええと、君はたしか、魔族の住処で会った……」

「はい。私は優衣です。あのときはありがとうございました」

そう言って頭を下げると、ルシェーは少し落ち着きを取り戻したようだ。

「ところで、ジェイドが僕に何をさせようとしているか知っている？」

不安そうに尋ねてきた彼は、本当に何の説明も受けていないようだ。きっと優衣に説明させればいいと思ったのだろう。

（本当に面倒なことが嫌いみたいね。というか、こんなこと自分で説明するのも恥ずかしいんだけど……）

躊躇っても、他に事情を知っている者はいない。

仕方なく、優衣はルシェーにすべてを、なるべくわかりやすいように気を遣って話をした。

「……君も大変だったんだね」

事情を聞いたルシェーは、まずそう言って労《いたわ》ってくれた。

「ええ。本当にもう……。大変でした」

話をしているうちに何だか悲しくなってきた。

本当にここに来てから、波乱万丈《はらんばんじょう》だった。

「それで、僕は君と一緒にこの家で暮らせばいいのかな？」

思っていたよりも気楽な内容に、ルシェーのほうは安堵したようだ。

「はい。しばらく一緒に過ごせと言われたので、それでいいと思います」

やはりルシェー相手だと、そんなに緊張することなく普通に話すことができる。

彼の持つ魔族の気配はたしかに恐ろしいものだが、ルシェー自身がとても穏やかな性質なので、それほど恐ろしさを感じずにすんでいた。これならきっと、普通に過ごすことができる。

「いつまでかはわからないけど、よろしく」

「こちらこそ、よろしくお願いします」

互いに挨拶をして、こうして強制的な同居生活が始まった。

第三章　ジェイドの企《たくら》み

ルシェーは外見こそ魔族の血が濃いが、中身はほとんど普通の人間のようだ。

穏やかで優しい、常識的な一般人。

これではたとえ捨てられなかったとしても、純粋な魔族の中では馴染《なじ》めなかったかもしれない。

魔族が普段、何を食べているのかわからないが、食事も優衣《ゆい》と同じものを普通に食べる。強い魔力こそ感じるが、彼の人柄を知るにつれ、それが自分に向けられると思ったことは一度もなかった。

そんなルシェーだったから、ふたりでの生活は穏やかで何事もなく、たまには一緒にお茶を飲むくらい打ち解けていた。

彼はいつもおいしそうなお菓子を持ってきてくれるので、どこで買ったのか聞いたら、何と手作りだという。

（さらに趣味がお菓子作りだもんね……）

今日もルシェーが自作したお菓子を持ち込んでくれたので、ティラにお茶を淹《い》れてもらう。

お菓子は、ドライフルーツをたっぷりと入れたパウンドケーキだった。

「うん、これおいしいね。ドライフルーツがさっぱりしているから、あまり甘くないし」

「そう？　気に入ってもらえてよかった」

照れたように笑うルシェーは、ジェイドほどの美貌ではないが、とても綺麗《きれい》な顔立ちをしている。

それなのに優衣は緊張するどころか、今日もお茶を飲みながらすっかりと寛《くつろ》いでしまっていた。

だが男性に慣れたというよりは、ルシェーには同性の友人か兄弟くらいの感情しか持てないからだろう。

（ルシェーは気配こそ人間とは違うけど、穏やかだし優しい。でもそれで好きになるかというと、違うのよね……）

一緒にいて安らぐ。

でも、恋とは違うようだ。

恋に落ちる条件は、人それぞれ違う。

条件というか、好みというか。

優衣にとっては、安らぎを感じる相手は対象ではないらしい。

（恋って難しいし、面倒だなぁ。そもそも、しようと思ってするものじゃないし……）

お茶を飲みながら、溜息《ためいき》をつく。

こんな状況だが、パウンドケーキがおいしくて癒《いや》される。料理上手な人っていいな、と少し考えた。

「優衣は、これからどうする？」

同じように物思いに耽《ふけ》っていたらしいルシェーにそう尋ねられ、首を傾《かし》げる。

「どうって？」

「ジェイドの言うように、魔族の相手を探すの？」

優衣のことを心配して、こう尋ねてくれたのだろう。それがわかったから、わざと明るい声で言う。

「うん。それがもとの世界に帰る条件みたいだし」

「でも、大丈夫？」

「はっきり言うと、自信なんてないよ。でも、もともと恋愛にあまり興味がなかったっていうか。とくに好きな人もいなかったし、それが帰るための条件なら、仕方ないかなって思う」

　これで向こうの世界に好きな人がいた場合や、恋愛を大切なものだと考えているようだったら、帰るための条件だと言われても承知できなかった。

　それを思うと、自分が選ばれたのもまったくの人選ミスではないのでは、などと思ってしまう。どうやら自分は、とうてい無理だと言われたのが、よほど悔しかったようだ。そう思ってくすりと笑った。

　優衣の答えを聞いたルシェーは、少し驚いたように目を見開く。

「ルシェー？」

「……いや、ほとんどの人間にとって魔族は畏怖と憎悪の対象だから、優衣がそんなふうに思っているとはわからなかった。てっきり……」

「ジェイドに脅されていると思った？」

「正直、そう思っていた」

　冗談っぽく返したのに本気で頷《うなず》かれてしまい、思わず苦笑いする。

「まあ、帰るための条件だから、ほとんど脅されているようなものかもね。でも私が楽観的に見えるのなら、それは魔族の本当の怖さを知らないからかもしれない」

魔族が怖いものだということは、知っている。

本当は関わりたくないくらいだ。

それでもこの世界で育っていない優衣は、大切な人を魔族に殺されたことも、住んでいた土地を奪われた経験もない。

その違いは大きいだろう。

「一度、魔族に襲われたけど、ジェイドがあっさりと退けてくれたし。怖いのはジェイドのほうだと思ったくらいよ」

あのときのことを思い出しても、恐怖よりも呆《あき》れたような笑みが出てしまう。だがルシェーは、当然だというように頷いた。

「ジェイドは特別だ。彼には純血の火竜族でも敵《かな》わないよ」

「えっ？」

最初に出《で》逢《あ》ったとき、優衣はルシェーの力に畏怖を覚えた。あまりにも強い魔力が恐ろしいと思った。

だが、ジェイドが言うには彼の力は純血の火竜族の半分以下であり、さらにルシェーが言うには、そんな火竜族もジェイドには敵わないという。

「もうジェイドがいれば、守護者なんていらないんじゃ……」

「彼は……。うーん。この国を守る意志が、もしかしたら、ないのかもしれない」

ルシェーが言葉を選びながら、慎重にそう言った。ジェイドの企みを、彼は知っているのかもしれない。

「ジェイドは何を目指しているの？」

「よほどお前は、俺が気になるらしいな、優衣？」

「うん、気になる。……え？」

今の声は、どう考えてもルシェーの声ではなかった。

魔法で目の前に移動してきたジェイドは、あきれたように座ったままのふたりを見つめていた。

優衣は思わず助けを求めるように、隣にいるルシェーを見る。でも彼も突然現れたジェイドに驚いて、完全に硬直してしまっていた。頼りにはできないようだ。

（ええと、どうしよう……）

さすがにこっそりと彼の真意を探っていたのは申し訳ないと思う。

でも、ジェイドが秘密主義すぎるからだという思いもある。きちんと説明してくれたら、優衣だってこんなことはしなかった。

沈黙が続いた。

「まぁ、ルシェーとはそれなりに上手《うま》くやっているようだな」

口を開いたのは、ジェイドのほうだった。

ふたりで仲良くお茶をしていたと知り、少し機嫌が良くなったらしい。

ほっと息を吐き、すかさず優衣は頷いた。

「うん。強い魔力を感じても、あまり怖くなくなったわ」

そうアピールしておく。

「そうか。ちょうどいい。ふたりでこれに出席しておけ」

ジェイドがそう言って渡してきたのは、何かの招待状のようだ。

「え、何？」

「王城で開かれる夜会の招待状だ。友好的な魔族を数名、招待して行われている。守護者がいたときから定期的に開催していたものだが、選出者候補は出席が義務付けられている」

肝心なことは何も教えてくれないのに、要求だけはいつも多い。それに向こうの世界では普通の一般市民だったのに、王城とか夜会とか、急に言われても困ってしまう。

しかも。

「……魔族が王城の夜会に？」

守護者が存在していたときなら大丈夫かもしれないが、不在の今、そんなものを開催してもいいのだろうか。

そんな不安が顔に出ていたのか、ジェイドが珍しく答えてくれた。

「人間に友好的な魔族だし、力の弱いものばかりだ。もし暴れても、イドロと王立魔導師がいれば問題ないだろう」

「そうかもしれないけど、ジェイドは行かなくても大丈夫なの？」

「……面倒だ」

彼はあっさりとそう言うと招待状をもう一枚取り出して、優衣の背後にいるルシェーに向かって放り投げる。

「弱い魔族ばかりだが、優衣は奴《やつ》らの好みの外見をしている。手を出されては面倒だ。お前も参加して優衣の傍《そば》にいろ。必ず守れ」

招待状を受け取ったルシェーは死にそうな顔をしていたが、彼が傍にいてくれるなら心強い。

優衣はけっして逃がさないという決意を込めて、ルシェーの腕を強く握った。

「よかった。ルシェー、私から離れないでね」

「そんなにこいつが気に入ったか？」

呆れたようなジェイドの声に、優衣に腕を掴《つか》まれていたルシェーがびくりと震える。でも、離さなかった。

「うん。穏やかだし人間みたいだけど強いし、護衛には最高」

正直にそう答えると、ジェイドは機嫌良さそうに笑う。

「護衛には、か。そうだな。ルシェー、きちんと役目を果たせよ」

「……わかった」

ビクビクとしていたルシェーだったが、ジェイドの機嫌が良くなったことを察したのか、ようやく力を抜いてそう頷いていた。

「服装や馬車の手配はティラに任せておく」

そう言うと、来たときと同じように彼の姿が消えた。転移魔法で移動したようだ。

優衣はほっと息を吐く。

「ああ、びっくりした。またとんでもない難題を押しつけられたけど」

招待状を眺めながらそう呟《つぶや》いて、隣にいるルシェーを見上げる。

「まあ、ひとりじゃないからまだマシかな。よろしくね」

「……」

「ルシェー？」

返事がないことを不思議に思って腕を引くと、彼はようやく優衣を見た。

「どうしてこんなことに」

頭を抱える彼の姿に、少しだけ同情する。でも、優衣だってひとりで放り出されるのはごめんだ。

「まあ、ほら。ジェイドは誓約しろって迫らなかったし、ルシェーのこと友達だと思って信頼しているんじゃないかな」

だから、せめてそう言ってみる。

深い意味はわからなかったが、ジェイドは何度か誓約という言葉を使っていた。

でもルシェーは首を振った。

「僕には人間の血が混じっているから、誓約できなかっただけだよ」

「そ、そうなんだ……」

どうやらジェイドがルシェーを信用しているからではなかったらしい。

（あれ、じゃあティラさんは？）

魔族特有だという誓約を、ジェイドはティラに使っていたように思う。

（やめよう。何だか恐ろしいことに辿《たど》り着《つ》いてしまいそう）

むしろ魔族に「誓約」させるジェイドは何者なのだろう。

優衣は首を大きく振って、招待状を眺めた。

せめてこれが、何事もなく終わるようにと、願うだけだ。


それから数日は、平穏に過ぎていった。

優衣はいつものように屋敷で過ごし、ときどきルシェーとお茶会をする。

ティラの淹れてくれるお茶はいつもおいしいし、彼女は親切で優しい。もし魔族だったとしても、彼女なら怖くないかもしれない。

ルシェーが一緒なら町に出てもよいと言われていたが、優衣はそうせず、屋敷の中や綺麗に整えられたほうの庭を散歩するだけに留《とど》めていた。

ジェイドが不在の今、わざわざフラグを立てに行くこともないだろう。

不本意だが夜会の準備も着々と進んでいた。

ルシェーは一応、守護者候補として参列することになりそうだ。

それでも、一般的な魔族よりも強いが、彼は純血の魔族ではない。初めて本物の魔族と対峙《たいじ》することになる彼は、優衣が思わず気の毒になるくらい緊張していた。

「大丈夫。ルシェーは強いし、きっと何とかなるよ」

「……ごめん。僕が優衣を守らなきゃいけないのに、こんなことで」

「謝ることなんかないよ。全力で巻き込んだのは私だもの。ジェイドの被害者同士、力を合わせて頑張ろうね」

そう言って微笑《ほほえ》むと、ルシェーもようやく笑った。

「そうだね。うん、頑張る」

ルシェーも覚悟を決めたのか、力強くそう言った。

準備に数日を費やし、今日はとうとう恐れていた夜会の当日である。

開催は夕方頃からだったが、優衣は朝から準備に追われていた。

（どの世界でも、女性の支度って大変よね……）

朝から薔薇《ばら》の花びらが浮かべられたお風呂に入り、ティラの手によって髪の毛も爪も綺麗に磨き上げられた。とくに優衣の黒髪は珍しくて人目を惹《ひ》くからと、かなり気合を入れてセットしてくれた。

ドレスはこの日のために仕立て上げられたもので、色は鮮やかなピンク。いわゆるプリンセスラインのドレスだ。

肩が出ていて、裾も大きく広がっている。

胸元や腕の辺りの生地はレースになっていて、肌が少し透けるようになっていた。少し多めに肌を露出していても上品に見えるのは、極上の素材とティラの腕によるものだろう。

大きく開いた胸元には、銀細工の首飾り。

それには大きな宝石が飾られていて、向こうの世界では宝石など手にしたことがなかった優衣は、傷つけてしまったらどうしようと慄《おのの》いている。

艶《つや》やかな黒髪には、首飾りと同じ銀細工の髪飾り。仕上げに淡く化粧をしてもらう。口紅はドレスに合わせたのか、赤ではなくピンクだった。

仕上がりを見たティラは、満足そうに頷いている。こっそりと鏡を見てみると、自分でもびっくりするくらい上品に仕上がっていた。

（うわあ……。ティラさんの腕がすごいんだろうけど、ちょっと詐欺すぎる……）

本当にこれは自分だろうかと、思わず手を挙げてみたり、首を傾げてみたりしてしまった。

「ああ、優衣。綺麗だね」

準備ができたのか、ルシェーが迎えにきてくれた。

彼もまた、礼服を着ている。

赤い髪をひとつに束ね、黒を基調とした煌《きら》びやかな上着を纏《まと》った彼は、その整った容貌も相まって、王城でもかなり目立つに違いない。

「ありがとう。ルシェーもかっこいいよ」

そう返した優衣だったが、ルシェーの正装に見惚《みと》れているというよりも、親戚のおばさんのような心境だった。

あらまあ、立派になっちゃって。

そう言いたくなるのを堪《こら》えて、にこりと笑う。

「お互い災難だけど、ジェイドの命令には逆らえないもんね。無事に乗り切ろうね」

彼が緊張しているのがわかったから、そう声をかけて肩を叩《たた》く。

「うん、頑張るよ。絶対に守るからね」

そう言って頷くルシェーと一緒に、用意してもらった馬車に乗り込む。付添いとしてティラが一緒にいてくれるのが、心強い。

ゆっくりと走る馬車に揺られながら、優衣は綺麗に結ってもらった髪が崩れないように気を付けていた。

いつもジェイドの転移魔法で移動していたから忘れていたが、屋敷のある森から王城までは少し遠い。そのため、まだ日が落ちないうちに出発していた。

（何だか嫌な予感がするなぁ……）

恋愛事とは縁遠かったとはいえ、優衣だって年頃の女性だ。

向こうでは見ることもなかった綺麗なドレスは嬉《うれ》しかったし、厄介なことに巻き込まれたと思いながらも、王城での夜会に少し憧れめいた気持ちも持っている。

でも王城が近づくにつれ、何となく心がざわついて仕方がない。

向かい合わせに座っているルシェーも、どことなく緊張しているように見えた。

（ああ、さっきの無事に乗り切ろうねっていう言葉、もしかしてフラグだったりして）

そんな不吉なことを思いながらも、今さら帰るわけにはいかない。

ゆっくりと進む馬車の中で何度も溜息をつきながら、とうとう王城に辿り着いてしまった。

夜会が開催される時間までは、まだ少し余裕がある。

遅れるわけにはいかないので、早めに出てきたからだろう。

このまま開始の時間になるまで、控え室で待機することになる。心配なのは、その控え室がルシェーと別になってしまったことだ。

（ルシェー、大丈夫かな？）

初めての夜会なので優衣もたしかに不安だが、そこはティラがいてくれる。選出者候補だと知られているだろうから、変に喧嘩《けんか》を売ってくる者もいないだろう。

何せ優衣の推薦者は、あのジェイドだ。

だがルシェーは守護者候補だと言って連れてきたので、当然のことながら魔族専用の控え室に通されるだろう。

「ルシェー、大丈夫？　私たちと一緒にいる？」

心配で思わずそう声をかけたが、ルシェーは首を横に振る。

「ううん、大丈夫だよ。優衣を守るのが僕の使命だからね」

そう言って笑っていたが、その笑顔はどこかぎこちない。

「……本当に大丈夫かな」

後ろ姿を見送りながら、思わずそう呟く。

「ご心配には及びません」

優衣の不安を払拭してくれたのは、ティラだった。

「ルシェーの力は、他の一般的な魔族よりも上です。比べる対象がジェイド様だったせいであまり自信がないようですが、ここで他の魔族と接触すれば、相手が取るに足らない相手だと気が付くでしょう」

そう言ってにこりと笑う。

少し不安だったが、ティラがそう言うからには、ルシェーは大丈夫なのだろう。

「うん、わかった」

優衣は、素直にそう答えた。

ジェイドは、守護者の選出に関わっている者は強制参加だと言っていたが、それは本当だったようだ。控え室にはマルティ、そしてミルーティもいた。

「優衣、ここにいたのね」

「今、ついたの」

マルティに声をかけられて、優衣も笑顔で答える。

さすがに彼女もドレス姿だった。

スレンダーラインのシンプルなドレスは、細身の彼女によく似合っていた。茶色の髪は下ろしたままで、髪飾りもつけていない。それでも首元には、細身の首飾りがあった。

「マルティさん、そのドレスとても似合っている。綺麗よ」

「……ありがとう。シンプルすぎるかと思ったけど、あまり華やかなのは苦手で」

「似合うのが一番だよ」

そう言ってにこにこと笑う優衣を、マルティは目を細めて見つめた。

「優衣は本当に綺麗ね」

「そんな。メイクしてくれたティラさんの腕がいいからだよ。私も鏡を見て、え、誰これって思ったくらいだもん」

「もう、優衣ったら。本当なのに」

何度か図書館で会って話をしているうちに、彼女とは自然と親しくなっていた。

マルティはちらりと視線を控え室の隅に向けると、声を潜めた。

「守護者候補を連れてきたって聞いたわ」

「あ、うん。でも仮というか、建前というか。マルティだから言っちゃうけど、ルシェーはジェイドが付けてくれた護衛なの」

彼女には隠しておくつもりはなかったので、優衣は正直にそう言う。

「そうなの？　実はミルーティも、守護者候補の魔族を連れてきたらしいのよ」

「えっ、本当に？」

さすがに驚いて、優衣は視線を控え室の隅にいるミルーティに向ける。

緋色《ひいろ》の髪をした美女は、身体《からだ》のラインがくっきりと出る派手なドレスを身に纏っていた。王城の夜会に参加するには少し品がないような気がするが、それが彼女には変に似合っているから不思議だ。ミルーティは勝ち誇ったような顔して、こちらを見ていた。

（ちょっとまずいかなぁ……）

もしミルーティが選んだ魔族が守護者になってしまえば、優衣の負けが決まってしまう。そうすれば、もとの世界に帰してもらえないかもしれない。

競争だということを忘れていたわけではないが、目の前の課題をこなすので精一杯だった。でも、もう少し危機感を持たなくてはならないと気が付く。

（ルシェーと仲良くお茶会している場合じゃなかった……。うう、どうしよう）

まだ魔族と知り合ってもいない。

せめて、この夜会に参加している魔族と少し話でもしてみよう。

ジェイドは彼らをルシェー以下と言っていたから、守護者として認めることはないだろうが、魔族に慣れるためにはちょうど良《い》いだろう。

（というか、ジェイドの要求が高すぎる気がしてきた）

守護者なのだから、ある程度の実力が必要なのは理解できる。でも、ルシェー以上となると、なかなか難しいのではないだろうか。

（まあ、あまり考えても仕方ないかな。だってあのジェイドだもの）

何を考えているのか、何をしようとしているのかまったくわからない。

うかつに探ると、藪蛇《やぶへび》になる。

被害が大きくなることはわかっているので、今はただ彼の言う通りにするしかない。

「あら、化けたわね。誰なのかわからなかったわ」

背後から聞こえてきた声。誰のものなのか、振り返るまでもない。

ミルーティだ。

温泉でジェイドに怯《おび》えていたのは、演技だったのかと疑いたくなる。この図太さは、少し見習いたいくらいだ。

「守護者候補を連れてきたって聞いたわ。どんな魔族なの？」

要はそれが聞きたかったらしい。

優衣は首を傾げて思案する。これはどう答えるべきか。

「優しい魔族ですよ」

ルシェーをひとことで表すとしたらそれしかない。だからそう答えると、案の定、ミルーティは馬鹿にしたように笑う。

「優しい、ですって？　この状況で優しさが何の役に立つの？」

嘲笑《あざわら》うような笑みを浮かべ、ミルーティは同意を求めるように周囲を見回す。ふたりの話に注目していたらしい女性達も、失望したような顔をして、こそこそと話をしていた。

「守護者候補すら連れてくることができない女よりはましだろうけど、これでもう勝ちは決まったようなものね」

マルティにも嫌味を言うと、勝ち誇ったような笑みを残して去っていく。

（ほんっとうに、典型的な悪役だわ）

むしろ感心しながら、その後ろ姿を見送る。

「マルティさん、ごめんね。何かとばっちりで」

「……いいの。私が守護者選出に、何の役にも立っていないのは事実だもの」

優衣は、俯《うつむ》いてしまった彼女を慰めるように言った。

「大丈夫。マルティさんは、マルティさんの信念があって選出者候補になったんだから、あんなの気にすることないよ」

あとでジェイドに言いつけておくから。

そう言うと、ようやくマルティの顔に笑みが戻る。

「ふふ、そうね。私は自分の信じたことをやるだけだわ」

マルティは選出者候補になったことで、この国の重臣と色々話ができるようになったと言っていた。守護契約の廃止を目指している彼女にとって、それが目的だったのだから、あんな挑発に乗ることはない。

ただ静かに事の成り行きを見守っていたティラが、黙ってミルーティを見つめていたのが少し怖かった。

そんなこともあったが、ようやく夜会の開始時間となった。

王城での夜会はどんなものなのか、少しだけ期待していた。

でも魔族が参加しているので、普通のものではないようだ。仰々しい入場も派手な演出もなく、ただ人々が集まって静かに話をしているだけだった。

（ちょっと拍子抜け……）

静かに聞こえてくる音楽が、どこか物悲しい。

いつもこんなに静かなのだろうか。

マルティに聞くと、今回は守護者が不在なのに開かれた初めての夜会らしく、魔族もこちら側も様子見をしているらしい。

それなら開催しなければいいのにと思うが、魔族を交えた夜会を開催しないと、他国にすぐにそれが知れ渡り、色々と不都合らしいのだ。

今まで独自の守護契約によって他国よりも強い守護者を手に入れ、他国にも強く出ていただけに、守護者が不在の今の状況はかなり危うい。

（どこの世界も、政治って大変よね）

壁に寄りかかって、溜息をつく。

優衣の黒髪はとても目立つらしく、あちこちから視線を感じる。

でも守護者を選出する候補という役目のせいか、もしくは推薦者であるジェイドの存在のせいか、声をかけてくる者は誰もいない。

皆、遠巻きに見ているだけだ。

だが同じ選出者候補であるマルティが何度か声をかけられているところを見ると、どうやら理由は後者のようだ。

（うん、まあ。あのジェイドだもんね……）

関わらないのが一番だと、優衣だって思う。

そんなことを考えていると、ふいに周囲が騒がしくなった。何事かと思って顔を上げると、ルシェーがこちらに向かってまっすぐに歩いてくる。

彼の歩く先にいる人達は、慌てた様子で道を譲っていた。

やはりルシェーの存在、その魔力は圧巻で、中には青ざめて後ずさる者もいた。

会場内を見回してみても、他に魔族の姿はない。

彼らは友好的な魔族だが、あまり力は強くないと聞いたので、ルシェーに気《け》圧《お》されているのかもしれない。

「あ、ルシェー」

そんな空気の中、優衣は手を挙げて気軽に彼を呼んだ。

周囲の人達があまりにも怖がっている様子だったので、怖くないよとアピールするつもりだった。でも逆に優衣まで恐ろしそうに見つめられてしまい、複雑な心境になる。

（ルシェーが怖かったら、他の魔族なんてもっと恐ろしいと思うけど）

彼は穏やかで優しく、しかも趣味はお菓子作りなのだ。

「優衣。大丈夫？」

「私は全然。ルシェーこそ大丈夫？」

そう声をかけると、彼はこくりと頷いた。

「うん。ジェイドに比べると全然怖くない。普通だった」

「それは……」

比べる対象が悪すぎる。

思わずそう口にしてしまい、ふたりで顔を見合わせて笑い出した。

「優衣」

そうして和やかに話しているところで、声をかけられる。

振り返ると、温泉に連れて行ってもらったあの王妃が、にこやかにこちらを見ていた。

「よく来てくれましたね。その方が、守護者候補の？」

「あ、はい。ルシェーです」

マルティにならまだしも、ルシェーをただの護衛だと説明することはできない。仕方なく守護者候補として紹介する。

ルシェーは視線を王妃たちに向けた。

おそらく紹介されたのだから、自分も挨拶をしようとしたのだろう。

だがその強い魔力を秘めた瞳で見つめられ、王妃はびくりと身体を震わせる。すかさず警備兵が駆け寄り、周囲は物々しい雰囲気になった。

周囲から上がる悲鳴。

でも驚いたのは王妃だけではない。

挨拶しようとしただけで、急に敵意を向けられたルシェーも戸惑い、怯えていた。

優衣は咄嗟《とっさ》に手を伸ばして、ルシェーを守るように抱き締める。

「大丈夫だから。ね？」

ジェイドは、彼の力は不安定だと言っていた。ここでもし、その力が暴走したら大変だと思ったのだ。それは正解だったらしく、強張《こわば》っていた彼の背から力が抜ける。

「……ありがとう、優衣」

「ううん。巻き込んだのは私だもの」

ひとりでは不安だったとはいえ、ルシェーをこんなところまで連れてきてしまったのは間違いだった。そう反省していると、彼は笑みを浮かべる。

「違うよ。ジェイドだ」

「そうね。本当にその通りだわ」

全部、ジェイドのせい。

そういうことにしてしまおう。

顔を見合わせて、笑い合う。

ふたりのやりとりに、ようやく王妃も我に返ったらしく、慌てた様子で警備兵を追い払った。守護者候補に敵意を向けてはいけないなどと言っていたようだが、やはり彼女たちも心の奥底では魔族を恐れている。

「優衣、ありがとう」

王妃にお礼を言われて、首を傾げる。

どうやら今のが、激高しようとしたルシェーを宥《なだ》めて、王妃たちを守ったように見えたらしい。

宥めたのは本当だが、ルシェーは激高したのではなく怯えていたのだ。

でも、それをわざわざ伝える必要はない。

ルシェーの力が強いのは間違いないだけに、変につけ込まれて利用されてしまうかもしれない。

彼は護衛のはずだったが、今のところ優衣に危険はない。ルシェーを恐れて、他の魔族もいなくなってしまったくらいだ。

「心配しないで。ルシェーは私が守るからね！」

力強くそう言った優衣に、ルシェーは何とも言えないような、複雑そうな顔をする。

「う、うん。ありがと……」

ふたりはそんな話を他の人に聞かれないように、寄り添って小声で話し合っていた。その様子を見て勘違いしてしまったのか、王妃は微笑んでこう言った。

「あなたたちの間には、もう信頼関係が築かれているようですね。力も申し分ないようですし、次の守護者が決まるのも、時間の問題ですね」

安堵《あんど》したように言われてしまうと、即座に否定することもできない。王家の人間はみな、守護者が無事に決まることを心待ちにしているに違いない。

「あはは。でも、他にも守護者候補がいるようですし」

曖昧な笑顔は、社会人として生活している間に身についたものだ。それを駆使して微笑む。

「ええ、ミルーティも候補者を連れてきたようですね」

どんな魔族だろうと、少し興味が湧く。

会った瞬間襲ってこない魔族と、優衣も話をしてみたかった。

（そういえば、マルティはどうしたのかな？）

王妃の前を辞して、優衣はひとりで参加していた彼女にルシェーを紹介しようと思い立つ。彼女はどこにいるだろう。

「お前が異世界から来た女か」

周囲を見渡していると、ふと背後から声を掛けられた。

振り返ると、そこに立っていたのは大柄な壮年の男性だ。両手に美しい女性を抱えている。

（う、うわぁ。これはまた、いかにもな人が……）

たとえるなら、軽薄そうなセクハラ上司。外見は整っていると言えなくもないが、優衣の全身を舐《な》め回《まわ》すように見つめる視線といい、あまり関わり合いになりたいタイプではない。

（誰ですか？）

そう尋ねたいが、服装や周囲の人達の態度からして、かなり身分の高い人のようだ。優衣が異世界から来たということは承知しているようだが、彼のことを知らないと言えば激高しそうな、とても面倒くさそうな雰囲気を漂わせている。

とりあえず慌てたふりをして頭を下げる。これでひとまず大丈夫だろう。

男は横柄な態度で頷き、視線を傍らのルシェーに向けた。

（ルシェー、大丈夫だからね）

反射的に手を握ると、ルシェーは縋《すが》るように優衣の手を摑んできた。

「ふん、火竜か。少しは使えそうだな。孤児院上がりの魔導師でも、たまには役に立つこともあるようだな。どこの孤児院かは知らぬが」

優衣は驚いて、その男を見つめた。

（中身も本当にセクハラ上司みたいなやつだった。こんなファンタジーな世界にもいるんだぁ……）

ハーフとはいえ、人間とは比べものにならない力を持つルシェー相手に、まさかの上から目線。

もしルシェーが本当の魔族なら、この場で殺されてもおかしくはない。

（孤児院上がりの魔導師って、もしかしてジェイドのこと⁉）

意外と苦労していたのね、と優衣の中で彼の株が急上昇する。

もちろん、そんなことをわざわざ口にしたセクハラ上司のことは、初対面にもかかわらず二度と会いたくないリストの殿堂入りだ。

「まぁ、もうお忘れですか？」

そんな殿堂入りに声を掛けてきたのは、驚いたことにミルーティだった。

「殿下が六年前に多額の寄付をしてくださったお陰で、建て替えすることができたあの孤児院ですわ。ふふ、ジェイドを女性と間違えて、跪《ひざまず》いて求婚されたこともお忘れでしょうか。私はいまだに覚えています」

「なっ」

案の定、男はすぐに激高した。両脇のふたりの女性を振り切って、ミルーティに詰め寄る。

「お前ごときが、調子に乗るな。誰のお陰でここに居られると思っている」

「もちろん、私を選出者に推薦してくださった、ギータ王弟殿下のお陰です」

選出者、という言葉に力が込められていて、男もその意味を理解したらしい。どんな身分でも、選出者候補を害したら極刑になるらしい。

そして男は何と王弟だったらしい。

彼は恐ろしい目でミルーティを睨《にら》み、守護者の選出が終わったら覚えていろよと言い捨てて去っていく。

（何というか、高貴な身分にしてはチンピラのような人ね）

圧倒的な力を持つルシェーを下に見ていたことといい、所詮小物なのだろう。

（それにしても……）

優衣は、青ざめるどころか挑発的な目で王弟を見返したミルーティを見た。

（さっきのって、ジェイドを庇《かば》ったの？　まさかね……）

「言っておくけれど、私はジェイドなんて大嫌いよ」

そんな優衣の心の声が聞こえたかのように、ミルーティがそう言う。

「口は悪いし態度も悪いし、孤児院にいる他の子たちを養うため、泣く泣くあんな男の愛人になった十八歳の私に、就職先が決まってよかったな、なんて言うような男よ」

さすがにそれはひどい。

今まで悪役と呼んで嫌っていたミルーティにさえ、同情してしまう。

「でも十歳の頃から魔導師として、私達のために戦ってくれていたことには、少しは恩義を感じているの。だからよ。ただ、それだけ」

そう言い捨てて、彼女はさっさと歩いていってしまった。

「……ツンデレ？」

だが今の話を総合的に考えると、ジェイドとミルーティは同じ孤児院出身だということか。

ふたりに共通しているのは性格の悪さだということを考えると、結構過酷な状況だったのかもしれないと少し同情してしまう。

もちろん当人たちは優衣の同情など、鼻で笑いそうだが。

（でもジェイドに跪いて求婚って！）

笑い出しそうになって、慌てて俯く。

たしかに見た目は極上だし、少年だった頃は絶世の美少女に見えたのかもしれない。でも、中身はアレだ。どんな辛辣な言葉を吐いたのかと思うと、それだけで笑えてしまう。

「優衣？」

下を向いて震える優衣に、ルシェーが心配そうに声をかけてくれた。

「大丈夫？」

「……う、うん。ちょっと、笑えて……」

「え、笑う？」

「そう。ジェイドに跪いて求婚している姿を想像してしまって」

「！」

優衣の答えにルシェーも想像してしまったのか、噴き出しそうになっている。

「だめだ。ジェイドの顔を見ても笑ってしまいそうだ」

「それだけはだめよ。堪えて？」

落ち着くまで、ふたりで深呼吸を繰り返した。

「優衣、あとはどうする?」

笑いの発作がようやく収まったあと、ルシェーがそう尋ねてきた。

「挨拶する人とか、まだいる?」

「あ、そうだった」

優衣も慌てて周囲を見回した。

「マルティさんに紹介したいと思っていたの。どこにいるかな?」

そうして、ようやくその姿を見つけ出す。ホールの端にいたマルティは、他の魔導師と熱心に話し合いをしていた。

「じゃあ、もう少し後にしようか」

「うん」

そう答えると、ふいに会場内が騒がしくなった。

「え、何?」

咄嗟にルシェーの手を握る。

何か急ぎの知らせが来たらしく、国王と王妃のもとに武装した兵士が駆け寄り、大騒ぎになっていた。

「何かあったみたいね。それも、あまりよくないことが」

この世界に来てから、本当に波乱万丈すぎる。

それでもルシェーは守らなければ。

そう思って、優衣は事態を把握しようとして会場を見回した。マルティや、他の魔導師たちが駆けていく。あのセクハラ上司もとい王弟と国王、王妃はすでに退出したようだが、招待客などは放置されたままだ。

「優衣様」

ふいに名前を呼ぶ声がして、振り返る。そこには控え室にいたはずのティラの姿があった。

「ティラさん」

ほっとして、ルシェーの手を引いたまま、彼女のもとに駆け寄る。

「何があったの？」

「辺境の町が、魔族の襲撃を受けて壊滅しました」

「え……」

それを聞いた優衣の顔が、瞬時に青ざめる。

「ジェイド様は他の魔導師とともに、魔族討伐に向かわれました。優衣様はルシェーと一緒に、屋敷に戻っているようにとのことです」

「……」

壊滅。

それはひとつの町が、魔族によって絶滅させられたということだ。

魔族がどれほど危険なものか、学んだつもりだった。

襲われたことだってある。あのときの恐怖は、簡単に忘れられるものではない。でも町が壊滅と聞いた途端、今までとは違う恐怖を覚える。

「大丈夫です。優衣様は、私が必ずお守りしますから」

ティラはそう言って恭しく、優衣の手を取った。

「戻りましょう。あの屋敷はジェイド様の魔力で守られています。ここよりも安全です」

見れば、周りの人達も皆、慌てて会場を後にしている。

（事情の説明もないまま、要人だけがさっさと避難するって、ちょっと勝手よね）

襲われたのは辺境の町であって王都ではない。だから今すぐ危険というわけではないのかもしれないが、警告くらいしてもいいのにと思う。

「さぁ、優衣様」

「うん、帰るわ。ルシエーも行こう」

促す声に頷き、ルシエーの手を引いて、先導するティラの後に続く。

彼女は最短距離で王城を抜けると、堂々と正面に止まっていた馬車にふたりを導いた。三人が乗り込むと、馬車が走り出す。

優衣は馬車の窓からどんどん遠ざかる王城を見つめ、小さく溜息をついた。

（ジェイドがいてくれたら、一瞬で帰れるのに）

そう思った瞬間、自分の考えを振り払うかのように首を振る。

転移魔法。あれは恐ろしいものだ。

あの便利さを知ってしまうと、現代に戻ったときにつらくなる。

「くっ……。何て恐ろしいの」

思わず呟くと、ルシェーにしっかりと手を握られた。

「大丈夫。僕は優衣の護衛だから。ちゃんと守ってみせるからね」

恐ろしかったのは転移魔法の便利さだったが、勇気を出して言っただろうルシェーの言葉を訂正することはできない。

優衣は曖昧に笑いながら、ありがとうと言うしかなかった。

（そういえば、ルシェーは私の護衛だった。忘れていたわ）

そんなことを思ったなんて、絶対に言えない。

王都を出ると、途端に人通りがなくなった。

いつ魔族に襲われるか、わからない状況なのだ。

そう思うとゆっくりすることもできなくて、優衣は馬車の中でずっと緊張していた。ティラとルシェーが守るとは言ってくれたが、だったら大丈夫と開き直れるほど図太くはない。

無事に屋敷に戻ったあとも、その緊張は続いたままだった。

ルシェーが気を遣って何かと話しかけてくれたが、なかなか緊張は解けない。自分の気の小ささに呆れてしまうが、平和に慣れきっていた優衣に、魔族の襲撃の話はあまりにも衝撃的だった。

（ジェイドもその町に向かったのよね。大丈夫かな。……うん。ジェイドなら、きっと大丈夫だけど）

あれほど強く、しかも不遜で傲慢な男が、魔族などにやられるわけがない。

そう思うと少し気持ちが楽になって、優衣は目の前に置かれていたクッキーを口にした。さくっとした歯触りと、ナッツの味が組み合わさってとてもおいしい。

「あ、おいしい」

思わずそう言うと、目の前にいたルシェーが安堵したように表情を緩ませる。

「よかった。たくさんあるからね」

どうやらこれも、彼の手作りらしい。

「ありがとう」

そう言って、ふたつ目を口にする。いつのまにか、テーブルには良い香りのするお茶も置いてあった。

クッキーを食べてお茶を飲む。そんな優衣の姿を見てティラとルシェーがほっとした顔をしていたが、優衣はそれに気が付かなかった。

それからルシェーとふたりで夕食を食べ、ティラの手伝いを断って、自分で着替えをして早々にベッドに潜り込む。

もともと貴族の令嬢ではないのだから、普通の着替えくらいはひとりで充分だ。

（眠れないなぁ……）

朝から夜会の準備をしていたので疲れているはずなのに、目が冴《さ》えてしまってなかなか眠れない。それでも朝方近くになってようやく寝付いた、と思ったところで、何かの気配を感じて目を覚ました。

「……っ」

思わず飛び起きる。

もう明け方近くだったので、部屋の中の様子はちゃんと見えた。自分の隣に横たわっていたのは、予想した通りの人物で。

（三回目！　ありえない！　一応、女性の部屋で私のベッドですよ！）

声に出して叫ばなかったのは、時間帯を考慮したからだ。

薄着だった優衣は慌てて上着を羽織って立ち上がり、自分のベッドで眠っているジェイドを見下ろす。

たしかにこのベッドはものすごく大きい。ふたりでも余裕すぎるくらいだ。

でも屋敷の主人である彼の寝室がないとは言わせない。きっとものすごく豪華で広い部屋があるはずだ。それなのにどうして、こんなところで眠る必要があるのか。

（むむ……）

どうしてやろうかと考えていた優衣は、ふと彼があまり眠れないと言っていたことを思い出した。よく見れば、いつもよりも疲れているように見える。

（魔族と戦ってきたんだものね）

ティラの話を思い出し、何だか怒る気もなくなってしまって、その隣に座る。その気配を感じたのか、ジェイドがゆっくりと目を開けた。

「ここ、私のベッドですけど」

目が合った途端、何だか気恥ずかしくなって、優衣はつい、責めるような口調でそう言っていた。

「……知っている」

「知っているなら、ちゃんと自分のベッドに行ってください！」

声を潜めてそう言うと、ジェイドはうるさいとでも言いたげな顔をして、眉をひそめる。あいかわらず、無駄に美形だ。

「お前は能天気で、単純だ。信じやすいし、騙《だま》されやすい」

「ほ、本人の目の前で堂々と悪口とは……」

いきなりの攻撃に、少しだけ休ませてあげたいなどと思ってしまったことを、本気で後悔した。

「だから、お前の傍だと気が抜ける」

それで、眠くなってしまう。

でもそう言われてしまい、どう答えたらいいのかわからずに口を閉ざした。

（ちょっと、その攻撃は卑怯《ひきょう》だよ……）

あのセクハラ上司もとい王弟やミルーティから、彼は孤児院出身だと聞いたばかり。

正直、ミルーティに対するあの発言はどうかと思う。

それでもみんなのために十歳の頃から魔導師として戦ってきたなんて聞かされると、少しくらいは仕方ないかな、なんて思ってしまう。

こういう話にあっさりと絆《ほだ》されてしまうところが、能天気で単純だと言われてしまう理由かもしれない。

（ああ、もう。ただでさえあり得ないくらいの美形なのに、設定山盛りなの、本当にやめて。暗い過去のある美形に弱いのよ、昔から！）

こちらの葛藤などまったく知らずに、目の前のジェイドはまたすぐに眠ってしまったようだ。普段よりも幼く見える寝顔を見つめて、大きく溜息をつく。

（仕方ないなぁ……）

結局、許してしまうのだ。

優衣は自分の単純さを笑うように、淡く微笑む。

昨日は怖くて、あまり眠れなかった。

でもジェイドがいると思うと、その不安はもう跡形もない。

極悪非道な魔導師だが、自分を守ってくれるという信頼だけは揺らいだことがなかった。

（何だか安心したら、私も眠くなっちゃった）

眠気のあまり機能が低下した思考回路のまま、優衣はジェイドの隣にころんと転がって目を閉じた。すぐに意識が遠くなり、眠りに落ちていく。

そのままぐっすりと、昼近くまで眠ってしまったようだ。

目が覚めるともう隣には誰もいない……と思っていたが、まだジェイドがいた。もう悲鳴を上げることもなく、すっかり慣れてしまった自分が悲しい。

（うーん、いくら眠っているとはいえ、ここで着替えするわけにもいかないよね。でも、お腹《なか》空《す》いたなぁ……）

どうしようかしばらく考えた末、どうせこの屋敷にいるのはティラとルシェーだけだと思い直して、その恰好《かっこう》のまま部屋を出る。

「おはようございます、優衣さ……」

「ゆ、優衣？」

ふらりと大広間に行くと、ふたりがいた。おはようと軽く挨拶すると、ふたりとも振り返り、ひどく驚いた顔をして立ち上がった。

「まずお着替えを……」

今まで一度も慌てた様子など見せたことのなかったティラが、ものすごいスピードで近寄ってきてルシェーを跳ね飛ばした。

ルシェーはわぁぁ、とか細い悲鳴を上げながら床に転がっている。

「うーん、着替えは後でもいいかな。お腹が空いちゃって」

「ですが、その……」

優衣は自分の姿を見下ろした。別にきわどい恰好ではない。ふつうのネグリジェだ。裾は長いし、レースがついていて可愛《かわい》い。むしろ休日ならば、こんな楽な恰好でゴロゴロしていたい。こっちのドレスは重すぎる。

「大丈夫。ティラさんとルシェーしかいないし、問題ないよ」

きっぱりと言い切ると、なぜかようやく起き上がったルシェーがまた撃沈した。

「いえ、ジェイド様もお帰りですので」

「ジェイドなら、向こうでまだ寝ているから大丈夫」

「……」

ティラはしばらく沈黙していたが、急に考えることを放棄したような清々《すがすが》しい顔で笑った。

「承知いたしました。すぐに食事の用意をいたしますね」

「うん、お願い」

今日のご飯は何かなぁ、と呑気《のんき》に考えながら、落ちているルシェーを見つめる。

「ルシェーはもう食べた？」

「……優衣」

「ん？」

「元気になったみたいだね」

安堵したように言われて、首を傾げる。

そう言えば、魔族の襲撃を聞かされたときからずっと怯えていたことを、思い出した。ジェイドが口にしていた、能天気、単純という言葉が頭の中を駆け巡る。

「うん、ごめんね。なんかジェイドの顔を見たら、どうでもよくなっちゃった」

彼がいるから安心したなんて、絶対に言いたくない。

「そっか」

その言葉にルシェーは小さく頷き、寂しそうに笑う。

「わかっていたけど、僕じゃジェイドには敵わないかな」

「何のことかわからんが、お前が俺に勝てるわけがないだろう、ルシェー」

そんな言葉とともにふたりの間に現れたのは、優衣のベッドで眠っていたはずのジェイドだった。

「わっ」

「ひっ」

思わず優衣もルシェーも、小さく悲鳴を上げて後ずさる。

「な、何のことかわからないのに自信満々ね」

「聞かなくてもわかる。ルシェーが俺に勝てるはずがない」

寝乱れた髪のまま、当たり前のようにそんなことを言う彼に、少し悪戯《いたずら》めいた気持ちが湧き起こる。

「じゃあルシェーよりもジェイドの方が、クッキーをおいしく焼けるのね？」

「……、……クッキー？」

あまりにも予想外の質問だったらしく、ジェイドは困惑しながらそう呟く。

「そう。ルシェーの作るクッキーはとてもおいしいの。ジェイドなら、もっとおいしいものを作れるのでしょう？」

少しでもふたりの会話を聞いていたのなら、まったく違う話だったと気が付くはずだ。だが本当に聞いていなかったようで、ジェイドがそれを指摘することはなかった。

困った様子を見て少しの間だけ笑うと、彼の腕に手を置く。

「嘘《うそ》よ。クッキーの話なんかしてないわ。でも、誰だって得意なものと不得意なものがあるよ。だから人は助け合っているんでしょ？」

ルシェーがなぜ、ジェイドには敵わないと言ったのか、実は優衣もよくわかっていなかった。

でもそのときの彼の声があまりにも切なそうだったから、ルシェーだって（多分）頑張っているよと伝えたかっただけだ。

けれどジェイドは、見惚れるほどの美貌を皮肉そうに歪《ゆが》めて笑う。

「助け合いか。この国の人間に助けてもらったことなど、一度もないが」

その声の冷たさに、思わず息を呑《の》んだ。

今までだって、いつも不機嫌そうだった。

でもこんなふうに、ぞくりとするような冷たさを感じたことは一度もない。

それでも怖さは感じなかった。

それよりも何だか切なくて、悲しくなる。

たしかにジェイドほど強かったら、手助けなど必要ないのかもしれない。でも本当に彼は、今まで一度も誰かに手を差し伸べてもらったことはないのだろうか。

「孤児院でも？」

思わずそう尋ねてしまうと、ジェイドが瞳を細める。

「どこで聞いた？」

「……えっと、夜会で。王弟？とかに絡まれてしまって」

正直に答えると、彼はあれか、と呆れたような笑みを浮かべる。

「言葉でしか攻撃できない小物だ。あいつの言うことなど、心に留めておく必要はない」

「うん。それに関してはまるっと同意なんだけど、そのとき、ミルーティさんが反撃していたよ？」

ジェイドを庇って言ったのだと思う。そう告げても、ジェイドの表情から冷酷さが消えることはなかった。

「あの女のせいで魔族に襲われたことを、もう忘れたのか？」

「それは……」

正直に言ってしまえば、覚えているのは魔族に対する恐怖だけで、他はほぼ忘れかけていた。

結果的に無事だったのだ。そう思っているのが伝わったのか、ジェイドは深い溜息をつく。

「本当にお前は騙されやすいな。ミルーティは昔から、自分の行動に後から理由を付けたがる女だ。他に何を言っていた？」

「えっと……。十歳の頃から魔導師として、私達のために戦ってくれていたことに、恩義を感じている、って」

思い出しながらそう答えると、ジェイドはその美貌に冷たい笑みを浮かべる。

「昔から魔力の強かった俺を、魔族のようだと忌み嫌って追い出そうとしていたのはあの女だ。ギータの愛人に選ばれたときも、皆のためだと言いながら贅沢《ぜいたく》な暮らしを満喫していた」

「ええ……」

ミルーティが語っていた美談とはあまりにも違い過ぎて、優衣は困惑する。

「周囲から、王弟に捨てられた愛人として見られることに我慢できずに、選出者に立候補したらしい。選出者となれば、この国では王族と同じくらい尊重される。王弟を見返すためにも、どうしても選ばれたいのだろうな。お前達にも執拗《しつよう》に嫌がらせをしてきたはずだ」

「う、うん……」

たしかにジェイドの言う通りだ。

彼女はマルティに執拗に嫌味を言って、優衣を魔族のいる森に誘導した。

俯く優衣に、ジェイドはさらに追撃をかける。

「大義名分を掲げているマルティも、所詮は自分のためだ」

「え、マルティさんも？」

真剣な眼差《まなざ》しで理想を語り、優衣にも親しく接してくれた彼女が、ミルーティと同じだとは思えない。

優衣は慌てて首を振る。

「マルティさんは違うよ。だって真剣に、この国のために……」

「あれは功名心の強い女だ。魔導師として名を馳《は》せたかったが、それには実力が伴わないと気が付き、他の方法を模索した。選出者となれば国に名が残る。だが、ミルーティとお前を見て、正攻法では無理だと判断した。そして目指したのが、守護契約の廃止だ」

「……」

「この国の人間を信じるな。お前が信じてもいいのは、ここにいる三人だけだ」

ジェイドは静かにそう言った。

第四章　恋をした

優衣《ゆい》はネグリジェのまま、ひとりで食事をしていた。

ジェイドはまたすぐに王城に向かったらしく、ルシェーはこんな格好の優衣と一緒にいることを恥ずかしがって、部屋に戻ってしまった。

焼き立てのパンにバターをたっぷりと塗りながら、先ほどのジェイドの言葉を思い返してみる。

（ミルーティはともかく、マルティさんはいい人だと思うんだけどなぁ……）

誰だって本音と建て前はあるし、成し遂げたいことだってあるだろう。親切にしてくれた気持ちに裏はないと信じている。

（でも……）

卵の入ったサラダを食べながら、優衣は思う。

あの話からわかったのは、ジェイドがティラとルシェー以外の人間を誰ひとり信じていないということだ。

そんな彼がどうして、優衣を異世界から召喚してまで守護者の選出に関わろうとしているのか。

（信じてもいいのは三人だけって言っていたけど、ジェイドが一番怪しいよね？）

本当に何を企《たくら》んでいるのか、まったくわからない。

それでも彼が不在だと、不安が増す。

（口も態度も悪いし、絶対に何か企んでるし、無駄に美形だし。でも……）

傍《そば》にいてほしいと願ってしまう。

そんなふうに思ってしまうのは、今まで彼しか頼る人がいなかったからだ。そう結論を出して、優衣は搾りたてのオレンジジュースを飲み干した。

（うん、吊《つ》り橋《ばし》効果ってやつだよね。うんうん）

ゆっくりと食事を楽しんだあとは、ティラに促されて着替えをする。ちゃんと衣服を整えた優衣を見て、ようやくルシェーが近寄ってきてくれた。

「ねえ、ルシェーはどう思う？　ジェイドの言っていたこと、本当かな？」

「うん。僕もジェイドと同じ。この国の人間は信用できないよ」

彼は迷うことなく、はっきりとそう答えた。

ルシェーは優しくて、とても穏やかだ。そんな彼が即答したことに驚きながらも、ティラにも同じ問いをしてみる。

予想していた通り、答えはルシェーとまったく同じだった。

「だったらジェイドはどうして、そんな『信用できない人達』のために守護者を選ぼうとしているの？」

思わずぽつりと呟《つぶや》くと、ルシェーとティラが揃《そろ》って沈黙した。思い詰めたような顔をして、ふたりで顔を見合わせている。

「あ、ごめんなさい。つい……」

「いえ、優衣様がそう思われるのも無理はありません。ですが、それについては近いうちに必ず、ジェイド様ご自身が説明してくださると思います。申し訳ありませんが、それまでお待ちください」

「……うん」

あまりにも必死な様子に、頷《うなず》くことしかできなかった。

あのジェイドが、本当にすべてを説明してくれるだろうか。それは疑問だったが、ふたりの真剣な表情を前に、とてもそんなことは言えなかった。

（どうしよう。ものすごーく悪いこととか企んでいたら？　世界征服とか……）

この国の人間を信じるな。

そう言ったジェイドの瞳の冷たさを思い出すと、知るのが怖いと思ってしまう。

そんな気持ちを誤魔化すように、優衣は取り留めのないことばかり考える。

（ジェイドは考えすぎなのよ。ミルーティもマルティさんも、きっと一生懸命なだけで、普通に良《い》い人で……）

優衣は両手を強く握りしめた。

突然異世界に召喚されて、金髪の美形魔導師に、魔族を誘惑しろだなんて言われて。

まるで物語のようだと思った。

でもこの物語は、本当にハッピーエンドで終わるのだろうか。

（いやいやいや、ちゃんとハッピーエンドになるから！　私は無事に日本に帰る。そして今まで通りの生活をして、たまには、あのときは楽しかったなぁってこの世界のことを思い出して……）

握りしめていた両手は、いつのまにか痛みを覚えるくらい力が込もっていた。

優衣は両手に食い込んでいた爪の跡を、そっと指でなぞる。

覚悟が必要かもしれない。

真実をきちんと知り、その上で自分がどう考えて行動するのか。それを決めなくてはならないときが、もうすぐ来る。

（何も知らずに操られるのは嫌。言われたままに動く人形にはならないって決めたから、私はきちんと現実に向き合わなくてはならない）

ジェイドが事実を誤魔化して優衣を自分の思うままに操ろうとせず、ちゃんと事情を説明してくれるとわかってよかった。

そう思う。

だが。

ジェイドは、その日からまた魔族との戦いに明け暮れて、何日も帰ってこなかった。どうやら魔族の襲撃が今までと比べものにならないくらい激しいらしいと、ティラが教えてくれた。

（大丈夫かな。ジェイドが負けるなんてことはないと思うけど……）

あの日以来、ティラもルシェーも口数が少なくなった。たまに、思い詰めたような顔で考え込んでいるときもある。

終わりが近いのだと、優衣にもわかった。

（思っていたよりも短かったなぁ。まだ一ヵ月くらいしか経過してないもの。もっと、年単位でかかると思っていた。ああでも、仕事は無断欠勤だろうし、一ヵ月でも無理だよね。どうしようかな……）

いつものようにネグリジェのまま、朝食のパンを食べながら思う。

こんなに綺麗《きれい》な屋敷《やしき》でティラの作ってくれるおいしいご飯が食べられるのも、あと少し。そう思うと、やはり寂しい。

「あーあ。私を待っているのは仕事と狭いアパートと、コンビニのお弁当かぁ……」

そう呟いた途端、目の前にジェイドが現れた。

「んぐっ」

あまりにも突然で驚き、むせてしまう。慌ててオレンジジュースを飲み干すと、ジェイドが呆《あき》れたようにこちらを見つめる。

「何をやっている」

「はぁ、びっくりした。ジェイドが急に脅かすから」

涙目になりながら睨《にら》む。

だが、彼の腕に血が滲《にじ》んでいることに気が付いて、慌てて立ち上がった。

「ジェイド、け、怪我《けが》したの？　大丈夫？」

「ああ、これか」

慌てる優衣とは対照的に、彼は冷静だった。

「たいしたことはない。気にするな」

「でも……」

あれほど強いジェイドが傷を負うような状況なのだ。そう思うと、握りしめた手が震える。

「怖がる必要はない。たとえ俺が死んでも、この屋敷の守りは揺るがない」

「違うよ！」

思っていたよりも大きな声が出てしまう。ジェイドは驚いたように目を見開くが、優衣はかまわずに彼の手を取った。

「いくら強くても、怪我をして痛くないはずがないじゃない。ちゃんと手当をして」

そう言いながら、傷に障らないように反対側の腕をぐいっと引っ張る。

ジェイドは抵抗せずにされるがままだった。

優衣はそのままソファーに隣り合わせに座ると、慌てて駆け付けたティラに救急処置の道具を用意してもらって彼の傷の手当をする。

「……不器用だな」

何度も包帯を巻きなおす優衣に、ジェイドはぽつりと言う。

「う……。そ、それは否定しない、けど。ティラさんにやり直してもらう？」

「いや、これでいい」

ジェイドはそう言うと、包帯が巻かれた腕にそっと手を置く。

「誰かに手当をしてもらったのは、初めてだ」

そう告げたときの穏やかな、少し嬉《うれ》しそうな顔は、優衣の心の深い部分に突き刺さる。

（そんな顔をされると……。どうしたらいいのかわからなくなるよ……）

傷の手当をしてくれる人がいなかったのか。それとも、それすら拒んできたのかわからない。でも怪我をしてもひとりで耐えてきたのかと思うと、胸が苦しくなる。

さらに、狼狽《うろた》える優衣の肩にジェイドは寄りかかってきた。

「ひぇっ？」

「……少し、疲れた」

「だったらちゃんとベッドに……。ジェイド？」

慌てる優衣に寄りかかったまま、彼はあっという間に眠ってしまったようだ。

しばらく狼狽えていたが、やがて起こさないようにそっと気を使いながら、ジェイドの頭を膝の上に乗せる。

（こ、これが膝枕……）

自分が誰かにする日が来るなんて、しかも相手がこれほど超絶美形だなんて思わなかった。

（ちょっと恥ずかしいけど、でも……）

理由がどうあれ、傍で安らげると言ってくれたジェイドが、少しでも休めるように。

優衣は静かに彼の眠りを見守っていた。

それからも、ジェイドは魔族と戦うために出動し、たまに怪我をして帰ってくる。

そんなときはあの日のように、優衣が手当をした。そのまま膝枕で彼を休ませるまでが定番となってしまい、少し困っている。

そうは言っても恥ずかしさは、三回目くらいで消えた。

それよりも、ジェイドの傷が早く癒えるように、できるだけゆっくり休めるようにと、そればかりが気になってしまう。

優衣の心境もかなり変化していた。

今までは怖いくらい綺麗な顔だな、とか、外見だけは極上、でも中身は最悪という認識しかなかった。

それなのに、陽《ひ》の光が眩《まぶ》しくて少し目を細めているところとか、自分の前で無防備に眠っている姿とかを見ると、つい笑みが零《こぼ》れる。

こんな人を、可愛《かわい》いと思ってしまう。

忘れていた感覚をひさしぶりに思い出していた。

(これってかなりマズい状況、よねぇ?)

魔族を誘惑して守護者にしなければならないのに、自分の推薦者に恋をしてどうするのだろう。

成就する見込みがまったくない上に、いずれこの世界を去れば二度と会えなくなる。

それなのに、一度自覚してしまったらもう止まらない。

(自分の心なのにコントロールできないなんて、本当に厄介だよね)

それでもせっかく芽生えた恋心を、叶《かな》わないからといって消してしまいたくない。伝えることはできないけれど、せめてこっそり想《おも》うだけは許してほしい。

（さすがの私も、告白して面倒だと言われたら、ちょっと立ち直れないかもしれない）

でも、あのジェイドだ。あり得ない話ではない。

膝の上で眠ってしまったジェイドの、陽光に煌《きら》めく金色の髪をそっと撫《な》でてみる。極上の絹糸のような手触りに、思わず溜息《ためいき》が漏れた。

髪まで美しいのだ、この男は。

けれど、今はこの身体《からだ》にいくつかの傷がある。それを思うと、魔族に対してどうしようもないほど怒りを覚えた。

「魔族って、本当に許せない存在だわ」

思わずぽつりと呟くと、目の前にある瞳がゆっくりと開いた。

深い藍色の瞳が、優衣を見上げる。

「……なぜだ？」

その瞳に宿った僅かな悲しみに気が付かないまま、優衣は思ったことをそのまま告げた。

「だってジェイドに傷をつけるなんて。こんなに綺麗なのに」

すると忍び笑いのような声が聞こえてきて、驚いて視線を彼の顔に向けた。

そして、見てしまった。

皮肉そうでも、嘲笑でもなく。

本当に楽しそうに、ジェイドが笑っていた。

ほとんど不機嫌そうか、何か企んでいるような顔ばかりだったせいで、その効果は抜群だった。

（ああ……）

もう駄目だと思った。思ってしまった。

こんな顔を見てしまったら、もう引き返せない。

「馬鹿だな」

「……ええ、どうせ私は馬鹿ですよ」

拗《す》ねたように言うと、白い腕が伸びてきて、優衣の黒髪をさらりと撫でた。

「お前の方がよほど綺麗だ。初めて見たときからそう思っていた」

「……っ」

ドキッとする、などという可愛いらしいものではなかった。

心臓はドキドキしすぎて止まりそうだし、耳まで真っ赤になっているのが自分でもよくわかる。

この世界に来てから、黒髪が綺麗だと何度も言われた。

でも好意を持っている相手から聞かされるその言葉が、こんなにも破壊力を持っているなんて知らなかった。

それなのにそんな爆弾発言をした本人は、またすぐに眠ってしまっている。

きっと深く眠っていたせいで意識が朦朧《もうろう》としていて、本人も自覚せずに口にしたのだろう。

でもそんな状態で口にした言葉は、間違いなくジェイドの本音だということで。

優衣は、ずるいよ、と小さく呟いた。

どうしようもないとわかっているのに、そんなことを言われたらますます恋心が募ってしまう。

「好き。あなたが、好きよ」

眠っていることを確認してから、小さくそう呟く。

悲しくなんかないのに、涙が零れ落ちた。


「明日は定期報告会だ。王城に行くから準備しておけ」

そう言われたのは、あれから数日後の夜のことだった。

もう寝ようと準備をしていた優衣の前に、ジェイドは突然現れた。

「……定期報告会」

そういうものがあったと、言われてから思い出した。

あれから三十日が経過したのか。

それだけの日にちが過ぎ去っていたのに、何も変わらない現状に少し危機感を覚える。

「どうした？」

顔色が変わったのがわかったのか、ジェイドが尋ねてきた。

「ううん。ただ、前の審議会から何も変わっていないなぁ、と思って」

魔族とは出会ってもいない。一度襲われたことがあるのと、人間とのハーフであるルシェーと知り合っただけだ。

そもそもジェイドは魔族と恋をしろと急《せ》かす割に、いつも優衣を屋敷の中に置き、外出するときも傍にいる。

　これでは恋をする以前に、出会いがないのではないかと思う。

「だって、出会ったのはルシェーだけだし」

「不満か?」

　ルシェーは純血の火竜族の半分以下の力しかなく、性格が人間寄りで、気弱で優しい。

「不満はないかな。なんか同性の友人みたいで落ち着くよ?」

「……っはは。そうか。同性の友人か」

　優衣の答えを聞いたジェイドは、声を上げて笑った。

　楽しそうな笑顔に思わず見惚《みと》れてしまう。

　最近、よく笑ってくれるようになったと思う。

(たまにそうして笑っていれば、怖がる人も減るのに)

　ジェイドはいつも不機嫌そうで、周囲にも危険人物だと思われているから遠巻きに見ている人ばかりだ。

　でも今のように笑っていたら、きっと女性達が放っておかない。これほどの美形なのだ。だから、そんなことにならなくてよかったのかもしれないと思い直す。

「これから出動だが、明日の朝また迎えに来る」

　いつもよりも柔らかい顔でそう言って、ジェイドは姿を消した。

　きっとまた魔族との戦いに行ったのだろう。

最近は襲撃がとても多いようだ。

これが、この国に守護者がいないということなのかと、嫌でも思い知る。

立て続けに戦っているジェイドが心配だったが、優衣にできるのは無事を祈ること。そして怪我をして帰ってきたときのために、枕元に救急箱のようなセットを作って置いておくことだけだ。

心配しながらも、ベッドに入るとすぐに眠ってしまったらしい。

夜中にふと、気配を感じて目が覚める。

カーテンの隙間からわずかに覗《のぞ》く月光に、金色の光が煌めいている。

（ああ、またかぁ……）

最近は膝枕ばかりだったので、こうして同じベッドに眠っているのはひさしぶりだ。

怒る気持ちなどまったくなくなって、それどころか怪我がないのか心配になってしまう自分が少し悲しい。

だが。

「ジェイド？」

異変に気が付いた優衣は、すぐに起き上がった。

見れば白皙《はくせき》の顔は薄紅色に染まり、呼吸は荒くて苦しげだ。そっと額に触れてみると、予想していたよりも高い体温。優衣の問いかけに応えるように瞳が開かれたが、すぐに閉じてしまう。

「ティラさん！」

これは、自分ひとりで何とかなる問題ではない。そう思った優衣は、夜中にもかかわらず部屋を出て彼女の名を呼んだ。

　ティラはすぐに駆け付けてくれて、ジェイドを見ると顔を顰《しか》める。

「これは……」

　その言葉で優衣が泣きそうになったことに気が付いたのか、彼女はすぐに優しい笑みを浮かべた。

「大丈夫ですよ。この症状は、魔力を使い過ぎてしまったことが原因です」

「魔力？」

「はい。魔導師なら誰もが一度は経験していることです。魔力弊害と呼ばれています」

　言われてみればここ最近、ジェイドは毎日のように魔族討伐に駆り出されていた。

　ジェイドの魔力は強大で、すべてを使い果たしてしまう心配はない。だが強い魔法を使い続けたことで、身体の負担になったのだろうとティラは説明してくれた。

「三日ほど魔法を使わずにいれば、すぐに良くなりますから」

　ティラはそう言ってくれたが、優衣はその言葉にまったく安心できなかった。

　ここ最近、毎日のように魔族の襲撃がある。そして魔族の襲撃があれば、ジェイドは必ず呼び出される。

　しかも朝になれば、王城で定期報告会があるのだ。彼がそれを欠席することはないだろう。

（どうしよう……。とにかく定期報告会だけは、どうにもならないわ。明日になってから考えよう）

　優衣ひとりで判断できることではなかった。

ティラ曰《いわ》く、魔力の影響で体調が悪くなっている場合は、魔法を使わないようにして休むしかないのだという。だからこのまま、ゆっくりと休ませたほうがいいようだ。

優衣は眠っている彼の傍に椅子を置いて座り、そっと手を握った。

自分の傍だと気が抜けると言ってくれた。

だから、少しでも安らぎになれたら。

そのまま空が明るくなるまで一睡もせず、彼に付き添っていた。

朝になったことは覚えている。

窓から入り込む太陽の光が眩しくて、少しだけ目を瞑《つぶ》っていた。

その一瞬で、意識が飛んでしまったらしい。

気が付けば椅子に座ったまま眠っていて、すぐ近くにジェイドの整った顔がある。繋《つな》いでいた手はそのままで、むしろいつのまにか指を絡ませて握られていた。

（熱、下がったかな？）

ジェイドの体調が気になったけれど、手を繋いでいるので動ける範囲が狭い。だから握っている彼の手を自分の頬に押し当てて、彼の体温を知ろうとした。

（昨夜よりはましだけど、まだ熱いわ）

回復には程遠い状態のようだ。

心配で顔を覗き込むと、ジェイドはゆっくりと目を開けた。深い海のような藍色が、真正面から優衣を見つめる。

「大丈夫？」

「……朝か。まだ時間はあるな」

ジェイドはそう呟くと、繋いでいた手に力を込めて優衣を引き寄せた。

「きゃっ」

椅子に座ったままジェイドを覗き込んでいたので、ジェイドの腕の中に引き寄せられてしまう。病人を圧《お》し潰すわけにはいかないと、慌てて立ち上がろうとした。だがジェイドは、優衣をそのまま腕の中に閉じ込める。

「え？　あの？」

急に引き寄せられたかと思うと抱きしめられて、優衣は恥ずかしいと思う余裕もなく困惑する。

「こ、これはちょっと、さすがに……」

それでも何とか逃げようとするが、ジェイドは逃さないとでも言うように、その腕にますます力を込める。

「お前には、魔力がない」

「そっ、それは、この世界の人間じゃないから当然で」

突然の言葉に、優衣は動揺したまま答えた。向こうには魔法なんて存在していなかった。だから魔力がないのは当たり前のことだ。

「だからか、お前の身体は冷たくて心地好《ここちよ》い。しばらくこうしていれば、いつもよりも早く治りそうだ」

「……えっ」

そんなことを言われてしまえば、どんなに恥ずかしくてもこの腕を振り払えるはずがない。

ジェイドの身体は、過剰な魔力に冒されているらしい。

だから魔力のない優衣を、心地好いと感じているようだ。例えるなら、熱の帯びた身体に氷嚢《ひょうのう》を当てているようなものか。

彼を助けることができるのなら、嬉しい。

でも恋心を自覚してしまった相手に、ベッドの中でしっかりと抱きしめられるという今の状況は恥ずかしすぎる。

そのまま眠ってしまったジェイドの腕の中で、優衣は羞恥心と困惑で、どうにかなってしまいそうだった。

「どうしよう……」

恥ずかしい。

でも、彼を助けたい。

その繰り返しで頭の中がぐるぐると回る。

そんな優衣とは裏腹に、そのまま二時間ほど眠ったジェイドは、すっかり元の彼に戻っていた。

不遜で強引で、こちらの言い分をまったく聞いてくれない、無駄に顔の良い魔導師。

そんな彼の顔色が少し良くなっていることに気が付いて、ほっとする。

（どうしてこんな人、好きなんだろうなぁ）

我ながら趣味が悪いのではと思うが、好きなものは仕方がない。

「ティラを呼ぶ。定期報告会に行く準備をしろ。……ああ、ルシェーも連れて行くか」

「え、ルシェーも？」

「一度、守護者候補になっているからな。ついでに転移魔法も使わせる。優衣も準備を急げ。間に合わなかったら、その恰好《かっこう》のまま連れて行くぞ」

「え、それだけはやめて！」

前にも聞いた言葉だ。

そして、ジェイドなら確実にそうするだろうと確信が持てる。

自分が優衣を抱きしめて離さなかったくせに、ひどい話である。

でも弱っている姿を見るよりは、振り回されているほうがましだと思ってしまう。

恋心とは、厄介なものである。

慌てた顔でやってきたルシェーに、謝罪した。

「ルシェー、また巻き込んじゃったみたい。ごめんなさい」

「う、うん。僕は、多分大丈夫……」

引《ひ》き攣《つ》りながらもそう答えたルシェーだったが、王城はあまり怖くなかったらしい。

たしかに少し不安定だが、ルシェーの力は他の一般的な魔族より上だと、ティラが言っていたくらいだ。魔族でもない人間などは、恐ろしくも何ともなかったのだろう。

何とか準備を整えてジェイドの元に向かう。

彼は確認するかのように優衣の全身に視線を巡らせると、小さく頷いた。どうやら合格だったらしい。

「そろそろ時間だ。行くぞ」

「あ、うん」

ルシェーが優衣に向かって手を差し伸べてきたので、しっかりと握る。

「ジェイドも手を握ってもらっていい？　少し、コントロールに不安があるから」

嫌そうな顔をしながらも、ジェイドもルシェーの手を握る。

「自分で魔法を使うよりはましだろうけど、少し気分が悪くなるかもしれない」

「わかっている。時間がないから急げ」

「……うん」

不安そうな顔のまま、ルシェーが転移魔法を使う。

浮遊感。そして空間が歪《ゆが》んだような感覚のあとに、見覚えのある魔法陣の部屋に出た。

「よかった。成功した」

ルシェーがほっとしたように言ったが、もしかして失敗する可能性もあったのだろうか。帰りが少し不安になりながらも、ルシェーに手を取られて王城の中を歩いた。

広い廊下は人ひとりおらず、静まり返っていた。審議会よりも緊迫した空気なのは、魔族の襲撃が続いているからか。

定期報告会は審議会のように淡々と進められた。

ミルーティもマルティも守護者候補を連れていなかった。夜会でミルーティが連れていた守護者候補は、ルシェーを怖がって逃げてしまったらしい。

まだ一回目の定期報告会とはいえ、国王も王太女も落胆を隠そうとしない。

当然のように、ルシェーを連れた優衣に期待の視線が集まることになる。

（どうしよう。ルシェーだって本当の守護者候補じゃないのに）

ただ優衣が魔族の力に慣れるように、ジェイドの命令で傍にいてくれるのだ。

「私もまだ、承知してもらっていませんから」

優衣はそう言って愛想笑いを浮かべるだけだ。

ちらりと隣に座るジェイドに視線を移す。

審議会のときとは違って、今回の彼はおとなしい。ミルーティを挑発することもなく静かに座っているだけだ。

顔色があまり良くないので、まだ体調が悪いのだろう。

ルシェーが魔法を使うと気分が悪くなるかもしれないと言っていたことを思い出して、思わず彼の手に触れた。

やっぱり優衣を抱きしめて眠っていたときよりも、体温が上がっているようだ。せめて少しでも彼の苦痛を取り除くことができればと、報告会の机の下で手のひらを重ねる。

報告会もそろそろ終わりに近づき、次回の日程を確認していたとき、それは起こった。

国王も王太女もいるこの部屋の扉が、先触れもなく乱暴に開かれた。

「！」

あまりの勢いに驚いて、優衣はびくりと身体を震わせる。

審議会と同じように立会人をしていた魔導師イドロが、声を上げる。

「何事か。国王陛下の御前であるぞ」

「……も、申し訳ございません。ですがクリステの町が、魔族に襲撃されています！」

呼吸も覚束《おぼつか》ないほど息を切らした騎士が、恐ろしい事実を告げる。

「何だと？」

国王が声を荒らげて立ち上がり、瞬時に緊張感が走った。

クリステの町とは、たしか王都に近い大きな町だったはずだ。

しかも襲撃したのは、複数の魔族だという。

辺境の町ではなく王都のすぐ近くということで、それを聞いた者達はすべて動揺している。

「すぐに、魔導師団を派遣しろ」

「……無理です。昨日までの戦闘で、王立魔導師は一人残らず魔力弊害で倒れています。戦える者はひとりもいません！」

そう答えた騎士の言葉に、国王は苦渋の顔をした。

魔力弊害ならば、昨夜のジェイドのような症状なのだろう。王立魔導師団という大きな組織の全員が倒れたなど、尋常ではない。優衣はジェイドに守られた安全な場所で呑気《のんき》に暮らしていたが、国の状態はそこまで悪化していたのだ。

「今は騎士団が足止めをしていますが、魔族相手では長くは持たないと思われます」

騎士の言葉に、イドロが覚悟を決めたように告げる。

「……陛下。陛下と王太女殿下は、念のため王都をお離れください。クリステには、私とマルティが向かいます」

「えっ？」

イドロの言葉に、マルティはひどく動揺して声を上げていた。

平常時ならば、国王の前でそんな失態を犯すような彼女ではない。さらにマルティは両手をきつく握りしめると、助けを求めるように周囲を見回す。

「わ、私は選出者だから。危険な場所に行くわけには……」

「あなたなんか、何の役にも立っていないじゃない。せめて魔導師として、国の役に立ったらどうなの？」

そんな彼女に辛辣な言葉を投げかけたのは、ミルーティだ。

「あなただって役に立っていないのは同じでしょう？　頭が空っぽで外見しか取り柄のないあなたと違って、私には将来があるのよ」

「何ですって？」

「ふたりとも、国王陛下の御前であるぞ」

イドロの叱咤《しった》に、ミルーティとマルティは睨み合いながらも口を閉ざす。

優衣は呆然《ぼうぜん》とふたりの様子を見ていた。

ミルーティはともかく、マルティがこんなことを言うとは思わなかった。

「マルティ。お前は確かに選出者だが、国が滅びてしまえば意味のないものだ。もう戦える魔導師はいない。覚悟を決めて私と一緒に来なさい」

「……嫌。嫌よ。私はまだ、死にたくないの」

マルティは何度も首を横に振り、イドロの申し出を拒絶する。

そんな様子を良い気味だと言わんばかりに笑みを浮かべて見ていたミルーティも、イドロが口にした国が滅びるという言葉に、途端に青ざめる。

「国が滅びる？　そんな、大袈裟《おおげさ》に言っているだけよね？　だって……」

先ほどのマルティのように周囲を見回し、国王も王太女も暗い顔をして黙り込んでいる様子を見て言葉を失っている。

「ど、どうにかならないの？　ジェイド……」

ミルーティが縋《すが》るように見つめたのは、先ほどから何も言わず、ただ目を閉じて優衣の手を握りしめているジェイドだった。

「あなたなら、何とかできるんじゃ」

「無理よ。今朝まで高熱で倒れていたのに。魔法を使えるような状態ではないわ」

優衣はその手を握ったまま、何も言わないジェイドを庇《かば》う。

彼はゆっくりと目を開き、自分を見つめる複数の目を見返した。

けれど何も言葉を発さず、また目を閉じてしまう。普段の態度があれだけに、体調不良なのは誰の目にも明らかだ。

「僕が行こうか?」

不意にそんなことを言ったのはルシェーだった。彼はジェイドと優衣を庇うようにして、ふたりの前に立つ。

「ルシェー?」

「今のところ、この国を守るために守護者になるつもりはないけど。でも、優衣とジェイドは守りたいからね。気配を察するに、あまり強くないみたいだし。僕でも倒せるよ」

ルシェーはそう言って、にこりと笑う。

「だから優衣は、ジェイドと一緒に先に帰っていてね」

「えっ」

そう言われた瞬間、景色が変わった。

魔法で移動させられたと気付いたのは、繋いでいたジェイドの手に力が込められたからだ。

「ジェイド、大丈夫?」

「……相変わらず転移魔法が下手だな」

文句を言いながら、優衣の手を取って額に押し当てる。先ほどよりも気分が悪そうで、心配になった。

「ルシェーは大丈夫かな?」

「あの程度の魔族に、ルシェーが負けることはない」

ジェイドがそう言ってくれたので、とりあえず彼のことは大丈夫だと信じる。

周囲を見渡してみれば、ここはジェイドの屋敷にある庭のようだ。

「ティラさん」

屋敷の中に向かってそう呼びかけてみると、彼女はすぐに駆け付けてくれた。

「優衣様。お帰りになられたのですね」

「うん。ジェイドを休ませたいの。手伝ってくれる？」

「はい。もちろんです」

ティラの手を借りて、ジェイドをなぜか優衣のベッドに休ませる。

（どうして私のベッドに？　もしかして本当に寝室がないのかしら）

困惑したまま、別室で着替えをしてから様子を見に行くと、朝のようにしっかりと抱きしめられてしまった。

（どうしよう……）

ジェイドの腕の中で、優衣は困惑している。

でも本当に具合が悪そうだったから、これで体調が良くなるのならば、少しくらいは仕方がないと思ってしまう。

優衣も、昨夜はほとんど眠っていない。疲れているはずだが、こんな状態で眠れるはずがない。

ちょっと視線を上げると、息が止まりそうになるくらい綺麗な顔があって、胸の鼓動は速くなるばかりだ。

（背が高いのはわかっていたけど……。こうしてみると思っていたよりも大きい……）

でも最初と違って優衣にも少しは余裕があるようで、そんなことを考える。小柄な優衣の身体は、ジェイドの腕の中にすっぽりと収まってしまう。

（手も大きいし……）

彼にしてみれば、心地好い抱き枕くらいの感覚かもしれない。それでも少しでも楽になるのなら、抱きしめてあげたい。

そんな気持ちになっていたことに気が付いて、思わず笑みを漏らす。

（最初は寝室に入られただけで、絶対に許さないと思っていたのに）

笑ったら何だかとても安らかな気持ちになって、いつの間にかジェイドを抱きしめたまま、眠ってしまっていた。

疲れていたし、たくさん心配もした。

だから、ジェイドの寝顔を見て少し気が抜けてしまったようだ。思っていたよりもぐっすり眠ってしまったらしい。

目が覚めてみれば、こんな状況のときはいつも隣にいたはずのジェイドの姿がなかった。

「え？」

慌てて起き上がる。

周囲を見回してみても誰もいない。

「ジェイド？」

まさか、また魔族討伐に駆り出されたのだろうか。

不安になって、そのまま部屋を飛び出す。

どこに行けばいいのかわからないまま、廊下を走った。ふと、ティラの姿を見かけてそのあとを追いかける。

「ティラさん！」

「優衣様？」

彼女を追って飛び込んだ部屋に、捜していた人がいた。

部屋の中央にあるソファーにジェイドの姿がある。

「……よかったぁ」

思わずそう呟くと、そのままジェイドのもとに駆け寄る。

その手を取り、熱が高くないか確かめる。いつもよりは少し高いが、それでもかなり良くなったようだ。

安心したら、涙まで出てきた。

「本当に、よかった……」

ジェイドの手をしっかりと握りながら、そう繰り返す。

「優衣」

囁《ささや》くような声で名前を呼ばれて我に返った。

「ご、ごめんなさい。つい心配で」

部屋に入るなり駆け寄って手を握りしめるなんて、まるで恋人同士だ。

焦りながら手を離し、ジェイドの顔を見つめて、そうしてしまったことをものすごく後悔した。

今まで見たことがないほど整った顔立ちが、少し照れたように視線を逸《そ》らす、という恐ろしい光景を見てしまったからだ。

（し、心臓が止まるかと思った……）

両手を自分の胸に当ててみると、鼓動が速くなっているのがよくわかる。

「優衣、僕もいるよ？」

ルシェーの寂しそうな声で我に返る。

ジェイドの隣にいたことに、今更ながら気が付いた。

「よかった。ルシェーも無事だったのね。魔族はどうなったの？」

「うん。ちゃんと倒したよ。これで予定通りだね」

「……予定？」

「あっ」

ルシェーは慌てて口を押さえ、窺《うかが》うようにジェイドを見た。優衣も釣られて彼を見つめる。

「そうだな。もう充分追い詰めた。そろそろ最後の仕上げだ」

ジェイドはルシェーの失言を咎《とが》めず、静かにそう言った。

「俺では魔族の襲撃を食い止めることができないと知れば、強引にでも守護者を選出しようとする。今日のことで、ルシェーの実力も思い知っただろう」

そう言った彼の表情は、今までにないくらい真剣だった。

「ジェイド……」

どうして追い詰めるのが魔族ではなく、人間側なのか。

聞きたいことがたくさんあるのに言葉にならない。

そんな優衣に、ジェイドは手を差し伸べる。

「今まで何の説明もせず、こちらの都合だけを押しつけて、悪かった。すべて話す。聞いてくれないか？」

ティラが言っていたそのときが、とうとう来たようだ。

「……うん、わかった」

優衣は一度だけ深呼吸をすると、ジェイドの言葉にしっかりと頷いた。

「全部教えて」

ジェイドは優衣の手を握ると、そのまま部屋を出る。

「少し移動する」

目的地は、あの荒れ果てた中庭だった。後ろから、ルシェーとティラもついてきた。ふたりはすべてを知っているようだ。

「ここから、魔族の国に続いている。そこに向かう」

「……うん」

手を繋いだまま中庭に足を踏み入れると、瞬時に景色が変わる。ルシェーと初めて会った場所だ。

ジェイドは優衣の手を引いて歩き出す。

森によくあるような、地面を踏み固めたような獣道。だがそれも長くは続かず、やがて綺麗に整備された街道に出た。

それは、森の中からも見えていた大きな建物に続いている。

（これはお城よね？　王城みたい……）

古びた城にはゴシックの聖堂建築のような尖塔《せんとう》が左右にあり、大きな窓には見事な細工が施されている。だが王城とは違って城門は閉ざされたままで、人影もまったくない。

無人のようだ。

「ここは……」

「魔王の城だ。だが、二十四年前から誰もいない」

「え、魔王？」

優衣は、マルティから聞いた話を思い出す。

王妹が魔王に攫《さら》われ、何とか倒したものの、その子どもを身籠っていたという悲劇。彼女は出産のときに、子どもと一緒に命を落としたと言っていた。

「中に移動する」

「……わっ」

ジェイドはそう言うと、優衣の返事も待たずに魔王城の中に移動した。マルティの話を思い出していた優衣は、思わず声を出してしまう。

移動した先は大きなホールのようで、見上げるほどの位置に、大きな肖像画がふたつ飾られている。

「これは？」

「魔王と、ティーヌ王国の王妹の肖像画だ」

「あのふたりの？　でも、どうしてふたりを並べて肖像画なんか……」

聞いた話では、殺し合った敵同士のはずだ。

だがジェイドは、その問いには何も答えない。だから優衣はまず、目の前にある王妹の肖像画を見つめた。

（うわあぁ……。本当に綺麗……）

ジェイドもありえないくらいの美貌だと思っていたが、女性のせいか、王妹はそれ以上だった。

艶《つや》やかに光る黒髪。

そして、意志の強さを感じさせる、宝石のように美しい紫色の瞳。

優衣は思わず、隣にいるジェイドのことも忘れてその肖像画に魅入られていた。これでは、魔王を魅了してしまうのも無理はないのかもしれない。

（肖像画でこれだなんて、実物はどれほど……）

目を離したくない。いつまでも見ていたいと思ってしまうほどだ。

しばらく見つめたあと、優衣はようやく視線を魔王の肖像画に移した。

（これまた美形よね……）

魔王は想像していたような恐ろしい男ではなく、美しい青年だった。

豪奢《ごうしゃ》な金色の髪に、深い藍色の瞳。

その表情には魔王という名にはあまりふさわしくないような、繊細さを感じる。

（似ているわ……）

その金色の髪といい、深い藍色の瞳といい、誰かによく似ている気がする。

「まさか……」

振り返り、背後に立っているジェイドを見つめた。魔王の肖像画から繊細さを取り去り、代わりに傲慢さを足すとその姿になる。

「ああ。このふたりは俺の両親だ」

ジェイドはあっさりとそう答えると、目を細めてその肖像画を見上げた。

魔族の王と、ティーヌ王国の王妹。

ジェイドも、ルシエーと同じように魔族とのハーフだったのだ。

「言っておくが、ティーヌ王国に伝わっている話はでたらめだ。父と母は殺し合ってなどいない。ふたりは深く愛し合っていた」

ジェイドはそう告げると、目を閉じる。

その美貌が、肖像画のふたりと重なる。

恐ろしいほどの美しさに、人間の限界を超えていたとまで言われる魔力を持っていた王妹が彼の母であり、魔族を従える魔王が父。

ジェイドが桁違いに強いのは、当たり前かもしれない。

そしてふたりが愛し合っていたという言葉は、マルティの話を聞いたときから感じていた違和感を取り払ってくれた。

それが、どうして殺し合ったなどという物騒な話になったのだろう。

「父が亡くなったのは寿命だ。力の強い魔族は寿命も長いが、父は六百年ほど生きた。魔族は命が尽きて亡くなるときは、その子が力と記憶を受け継ぐことができる。俺は父から魔王としての力と記憶を受け継いだ」

「魔王としての力……」

それなら、ジェイドが規格外に強いのも無理はない。

「だからハーフなのに、ルシェーと違って力が安定しているのね」

「それもあるが、ルシェーはまだ成竜ではない。成長したら、もっと安定するはずだ」

「成竜？　成人ってこと？」

「ああ。ルシェーはまだ子どもだ」

見た目はジェイドとそう変わらない。そんなルシェーが子どもと言われても、すぐには信じられない。

「火竜族の寿命は長い。人間でいえば、ルシェーはまだ十歳くらいだ」

「そ、それはたしかに子どもだわ」

もちろん人間の十歳と同じではないだろう。だが、どことなく無垢《むく》な感じがするのは、魔族と人間のハーフだということだけではなく、子どもだったからなのか。

ふと寒気を感じて優衣は身体を震わせた。

魔王の城だからか。それとも長い間無人だったせいか、ここはとても寒い。

「ジェイド様」

話を遮るようにして声を掛けてきたのは、ティラだった。優衣が寒そうにしていることに気が付いたのかもしれない。

「あの、優衣様はまだお着替えもしておりません。少しお時間を頂けませんか？」

「あ、そういえばこんな格好だったわ」

ネグリジェ姿だったことを思い出して、優衣は慌てた。それは寒いはずだ。屋敷の中なら平気だが、さすがにこんなに大きなお城の中だ。

（それにジェイドがちゃんと話をしてくれているのに、この姿っていうのも失礼だよね）

優衣はジェイドを見上げる。

「大事な話をしてくれているのに、ごめんね。ちょっと着替えてきてもいいかな？」

「わかった。ティラ、任せる」

「はい。ジェイド様」

ティラに連れられて向かったのは、魔王城にあるひとつの部屋だった。

「うわぁ、綺麗……」

部屋に入るなり、優衣はそう呟いて目を輝かせる。

金色の花模様が入った壁紙に、細かな彫刻が施された白い柱。調度品は壁紙と同じ花模様が入っていて、とても美しい。

「お城って感じで、すごい。ゴシックっぽい」

ジェイドの屋敷も王城も綺麗だったが、ここは別格だった。

「こちらはルクレティア様のお部屋でした」

「ルクレティア……」

ティーヌ王国の王妹で、ジェイドの母の名がルクレティア。父である魔王の名はグィードだとティラが教えてくれた。

「グィード様は、ティーヌ王国のある秘密を探るため、人間に扮《ふん》して王都に潜んでいました。そこにルクレティア様が現れて、急に勝負をしろと迫ったそうです」

「え？　王妹殿下が何しているの？」

あれほど美しく、比類なき魔力を持っていた女性だ。

さぞ高潔で慈悲深いだろうと思っていたのに、やっていることは脳筋の剣士のようだ。

「どうやら強い者と戦うのがお好きだったようで……。正体を隠していても、グィード様も魔王ですから」

いくら強くても、さすがに人間では魔族の王に勝てない。グィードに負けたルクレティアは、その場で結婚を申し込んだという。

「え？　何でそんな展開に？」

「お美しかったルクレティア様には、たくさんの求婚者がいらっしゃったそうです。ですが、いちいち相手にするのは面倒だとおっしゃって、自分よりも強い者でなければ結婚しない、と」

「……面倒」

　何だかとても、聞き覚えのある言葉だった。

　説明を求めるたびに、面倒だと言われた記憶が蘇《よみがえ》る。

（ジェイドの性格って、まさかの母親似？）

　肖像画に描かれていた、この世のものとは思えないほど美しい女性が、面倒だと不機嫌そうに顔を顰める姿を想像してしまう。

（うん。そのままジェイドだわ……）

　色彩は父親似だが、顔の造作と性格はどうやら母親似らしい。

「魔族は人間を……とくにティーヌ王国の王族を憎んでいましたから、グィード様もその求婚を跳ねのけたそうです。ですが、この魔王城まで押しかけられて、ついに根負けしたというか、その……。押し切られてしまったようで」

　言葉を交わし、ときには戦いながら、ふたりは互いをよく知り、愛し合うようになった。

「ふたりは、守護契約を結んだの？」

亡くなったという前の守護者は、もしかしたらジェイドの父だったのだろうか。そう思いながら尋ねると、ティラは複雑そうな顔をして、首を振る。

「いいえ。契約などではありません。あれは魔族に掛けられた、解除方法の見つからない呪いなのです」

（呪い……？）

守護契約について聞いたとき、優衣もまるで洗脳のようだと考えたことがあった。それを思い出す。

「ああ、申し訳ございません。つい話し込んでしまいました。まずお着替えをいたしましょう」

だが詳しく尋ねる前に、ティラが我に返ったようにそう言う。

「え、あ、はい。お願いします」

気になるところで、「次週に続く！」とお預けをされてしまった気分だが、ティラとしても立ち話で済ませられる話ではないのだろう。

用意してくれた服は、今までとは比べものにならないくらい軽く、動きやすい服だった。それでいて、優美さも失っていない。

「すごく楽！　動きやすい」

思わずそう言うと、ティラが笑う。

「はい、ルクレティア様のものですから。動きやすさが一番大切だとおっしゃっていました」

だから胸の部分が余っているのにウエストはきついのか、と納得する。典型的な日本人を、あのモデルのような体型と比べてはいけない。

（それでも動きやすさ重視って、王家のお姫さまなのに……）

伝説の美女は、色々な意味で伝説だったようだ。

着替えをすませると、ようやく話の続きを聞く。

「優衣様、あらためて自己紹介をさせていただきます。私は魔王様の配下、魔族のティラエールと申します」

「魔族……。やっぱりティラさんも魔族だったのね」

「お気づきでしたか」

「うん。前にルシェーから、自分はハーフだから『誓約』できないって聞いたの。でもジェイドは、ティラさんには使っていたから」

「はい。『誓約』は魔王様のみが使える魔法です。ジェイド様は、グィード様の力を受け継いでいますから」

魔王の魔法だったのかと納得する。

「そうやってずっと次代に力を受け継いでいったら、魔族ってとてつもなく強くなりそうね……」

「いえ。さすがに一定以上の魔力と、寿命まで生き残る強さがなければ使えません。今の時代では、力を受け継がせるのはグィード様しかできない魔法でした。そのグィード様も、出産の危険からルクレティア様を少しでも守るために使われたのです」

「えっと、それが危険回避になるの？」

「はい。最初は魔族も、魔力の制御を覚えるところから始まります。魔力が強ければ強いほど制御ができず、生まれる前に暴走して、母体を弱らせてしまうのです。ですが親の力を受け継ぐことができれば、魔力の制御など簡単にできます」

そう言ったあと、ティラはふいに険しい顔をして口を閉ざした。固く握りしめた両手が震えていて、彼女が何かに強い憤りを覚えていることがわかる。

「ティラさん？」

「いえ、申し訳ありません。ええと、ティーヌ王国では、ルクレティア様のことはどう伝わっていましたか？」

「私がマルティさんに聞いた話だと、事実と全然違うわ。確か……」

王妹が魔王に攫われ、何とか倒したが、その子どもを身籠ってしまった。さらに、その出産で命を落としてしまった。そう聞いたと伝える。

「何ということを」

それを聞いたティラは、怒りを露《あら》わにした。

「ルクレティア様は、グィード様の継承魔法のお陰で、無事に出産を乗り切りました。ですが相当お身体が弱ってしまい、魔王城を出て静養されていたのです。ここには、人間を忌み嫌う魔族が多かったものですから」

そしてジェイドの誕生から数時間後、父であるグィードは息を引き取っていた。六百年ほど生きた魔族は、今までほとんどいなかったらしい。その大魔王の死で魔族も混乱していた。

魔法が使えないほど身体が弱り、しかも人間であるルクレティアが、ここに滞在するのは危険だった。

そうしてルクレティアは自分の身と、生まれたばかりのジェイドを守るため、ティーヌ王国の辺境に移り住み、そこでひっそりと静養していた。

だがそこを、彼女の兄であるティーヌ国王が送り込んだ兵士達が襲撃する。

「どうしてそんなことを……」

「もちろんティーヌ国王は、自分の妹を殺そうとしたわけではありません。脅威だったのは、魔王の血と力を受け継ぐその子ども。ジェイド様です」

今ならルクレティアも思うように魔法を使えない。

いつか人間を脅かす存在になる前に、殺してしまおうと考えたのだろう。

だがルクレティアは大切な我が子を守ろうと、弱った身体で長距離の転移魔法を使った。生まれたばかりの子どもをなるべく遠くの孤児院まで移動させ、そのまま力尽きてしまったのだと言う。

ティーヌ国王側が確実に魔王の子どもを始末したと思うように、魔力で赤子の死体まで偽装して、我が子を守ろうとした。

「……そんな」

産まれたばかりの子どもでも、父の記憶と力を受け継いでいたジェイドには、その様子がはっきりと理解できたはずだ。

この国の人間を信じるな。

そう言った彼の心情が理解できて、優衣は唇を噛《か》みしめた。泣くつもりなんかなかったのに、ぽろぽろと涙が零れ落ちる。

「優衣様、申し訳ございません」

泣きじゃくる優衣を見て、ティラが慌てて椅子に座っている優衣の足もとに跪《ひざまず》く。

「この件に関して、ジェイド様から優衣様に伝えても良いという許可をいただいておりません。それなのに、勝手にお話をしてしまいました。ですが私はあんなに愛し合っておられたおふたりが、敵同士で殺し合っていたなどと伝えられているのが、どうしても許せなくて」

「うん。私もそう思う」

涙を拭うこともせずに、優衣は頷いた。

それにジェイドだったら、ここまで詳しく話してくれなかったかもしれない。

「マルティさんの話を聞いたときから違和感はあったけど、でも真実を知ることができてよかった。話してくれてありがとう」

ティラはほっとしたような顔で、優衣に促されて立ち上がった。

真実。

優衣はもうひとつ、知らなければならない真実があることを思い出した。

「ねえ、ティラさん。さっき言っていたことなんだけど、守護契約が呪いって……」

「はい。守護契約と人間たちが呼んでいるものは、複雑な術式で編み出された呪法です」

「呪法？　魔法と呪法の違いって、何だっけ？」

優衣は図書館で読んだ本の内容を、必死に思い出そうとする。

「えーと、魔法っていうのは魔力が必要なもので、呪法っていうのは手順が複雑で、発動条件が限られる。さらに主となるアイテムが必要で、魔力がなくても使えるもの、で合っているかな？」

「はい、その通りです。守護契約の始まりは、本当に純粋な愛情でした。何の制限も取り決めもなく、ただ愛した人を守りたいと思ったからです。ですが人間達は、しだいに契約の証《あかし》を望むようになりました」

その末に生み出されたのが、守護契約だと言う。

「ティラ、あまり詳しく話さなくてもいい」

話を遮るように声を掛けてきたのは、転移魔法で移動してきたジェイドだった。

「ジェイド様。ですが……」

「急にすべて打ち明けても、優衣が混乱するだけだ。少し時間を空けよう」

そう言うと、ふいに優衣を覗き込むようにして、悪戯《いたずら》っぽく笑う。

「すでに混乱しているんじゃないか？」

「ぐっ」

大切な話なのだから、きちんと聞かなければと思っていた。だが、立て続けに聞かされた真実に、少し混乱しているのもたしかだった。

「ティラ、御苦労だった。あとは俺が話す」

「はい。ジェイド様」

ティラは恭しくお辞儀をすると、立ち去っていく。残された優衣は、隣に立つジェイドを見上げた。

「あの……」

「ティラが、余計なことまで話したようだな」

「でも、私は聞いてよかったと思う。だって、ちゃんと真実を知ることができたから」

もしかしたら、ティラが叱られてしまうかもしれない。そう思って、優衣は必死にアピールした。

「……そうか」

だがジェイドは、静かな声でそう言っただけだ。

（な、なんか……。いつものジェイドじゃないみたい……）

不機嫌でも傲慢でもなく、冷静に見える。

「でも、どうしてあんな真逆のことが伝わっているのかな」

「さあ。向こうの都合だろう。人間がどう誤解しようが、どうでもいい」

（ああ、そっか……）

ティラは、ジェイドの態度が穏やかな理由を理解した。

ここには人間がいないからだ。ジェイドは本当に、人間を心の底から嫌っている。

（ジェイドだって半分は人間なのに。何だか悲しいな……）

だがあのような経験をしてしまえば、誰だってそう思うに違いない。

優衣は、肖像画に描かれていたルクレティアの美しい微笑《ほほえ》みを思い出して、切ないような気持ちになる。

「複雑な話ばかりで疲れただろう。少し歩くか」

そんな優衣の気持ちには気付かず、ジェイドはそう言って手を差し伸べる。

「うん」

たしかに衝撃的な話ばかりで、心の整理がまだできていない。優衣が素直にその手を取ると、ジェイドはゆっくりと歩き出した。

広い廊下に出ると、天井近くに設置されたステンドグラスから、色とりどりの光が降り注ぐ。

「綺麗……」

思わず声を上げると、ジェイドも立ち止まり、優衣と同じように見上げた。

その金色の髪が光に反射して輝いている。整った横顔に思わず見惚れていると、視線を感じたのかジェイドが振り向いた。

「どうした？」

「ううん、何でもないよ」

慌てて首を振る。

穏やかなジェイドというものに、どうしても慣れない。

（何か裏があるんじゃ、と思っちゃうのよね）

「そんな顔をしなくとも、もう何も隠しはしない。庭に行こうか」

優衣が何を考えたのかわかったようにそう言うと、ジェイドはそのまま庭園に向かった。

第五章　真実と痛み

この城には誰も住んでいないようだが、赤い薔薇《ばら》のような花が咲き誇っていた。ジェイドは優衣《ゆい》の手を取ったまま、庭園に設置されているアンティーク調の綺麗《きれい》なベンチに座る。

「そういえば、身体《からだ》はもう大丈夫？」

「問題ない。もともとティーヌ王国の上層部を追い詰めるために、わざと身体を酷使しただけだ」

そう答えると、ジェイドは手を伸ばして、咲き乱れる満開の花にそっと触れる。真紅の花びらが、はらりと散って地面に落ちた。

「酷使って、どうしてそんなことを」

「大抵の魔族なら、俺が倒してしまうからな。マルティが守護契約の廃止などを提言できたのも、俺がいたからだ」

ジェイドは魔族の、しかも魔王の血と力を引いている。

「そのために、あそこまで？」

「もともと人間の血を引いたこの身体は魔族よりも弱い。そこに魔族の中でも最も強い魔王の力を宿しているのだから、あれくらいはよくあることだ。今回はその間隔を短くしたに過ぎない」

「そんな……」

苦しそうで、見ていられなかった。それがよくあることだとあっさり告げる姿に胸が痛くなる。

「もう無理はしないよね？」

願いを込めてそう言えば、ジェイドは静かに頷《うなず》いた。

「そうだな。計画は次の段階に入った」

優衣はジェイドの計画よりも、彼がつらい思いをしないかと、そればかり気になってしまう。せっかく大切な話をしてもらっているのに、こんなことではいけないと、気を取り直した。

「ええと、これからどうなるの？」

ジェイドはしばらく考えたあと、優衣に視線を移した。

「すべてを説明するには、時間が足りないな。何から聞きたい？」

聞きたいことはたくさんあるが、今聞くべきことは、このことだろう。

「えっと……。守護契約って、悪いものなの？」

「要点だけを言う。唐突に感じる部分もあるかもしれないが、わからないことは後で質問してほしい」

「ええ、わかったわ」

面倒がらずに説明してくれると知っただけでも、優衣には驚きだった。

「あれは人間と魔族の魂を縛る契約だ。呪法であるためいくつかの制限があるが、魔族側が、対象に強い好意を抱いていなければならないらしい」

「え、魔族側だけなの？」

「そうだ。契約に縛られた魔族は自分の意志も希薄になり、何よりもこのティーヌ王国を守ることを優先するようになる。さらに死んでも解放されることはない。この王国は、いくつもの魔族の魂を利用して守護契約を強化している」

優衣は、膝の上に乗せていた両手をぎゅっと握りしめた。話を聞くだけで、優衣まで人間不信になりそうな話だ。

「……ひどいわ」

「こんな呪法を生み出さなければならないほど、人間側の被害も深刻だったようだ」

だが結果的にそれが魔族の怒りを買い、襲撃はますます激しくなっていく。それに対抗するために、人間たちは呪法を使い続ける。

悪循環だ。

「父と母は、呪法によって縛られた魔族の魂の解放を目指していた」

「人間であるお母様も？」

「ああ。人間が呪法を使い続ける限り、王国は魔族に狙われ続ける。だから王国が平和になるためには呪法に縛られた魂を解放しなければならないと思っていたようだ。そんなときに、父と接触したらしい」

母の最期の魔法で孤児院に預けられたジェイドは、そこで育った。

そして亡き両親の遺志を受け継ぐため、魔導師としてティーヌ王国で生きると決めたようだ。そして呪法の解除法をずっと探していたと言う。

「だが、実際に掛けられた本人から、呪法を読み解くしか方法がないようだ。そこで俺は呪法を受けてくれる者達を探した。それがお前達だ」

「え？　私？」

「そうだ。あの呪法は魔族だけではなく、人間にも制約がかかる。この王国に不利なことはできなくなるようだ。だからこの世界のものではない魂を持つ人間と、外見は魔族そのものだが、半分は人間であるルシェーが適任だった」

「そうだったの。それで私を」

ようやく、ジェイドが優衣を召喚した真の理由が判明した。

彼が出自を隠して守護者選出に関わり、その候補者として優衣を召喚したのは、その呪法を受けてもらうため。

そして死してなお縛られている、魔族の魂を解放するためだ。

「……ルシェーは、知っているの？」

「ああ。すべて話した。ルシェーの父は、かつてこの国の守護者だった。その魂を解放するために、協力してくれている」

「そうだったの」

ルシェーがこの国の人間は信用していないと言ったのは、そのせいだったのか。

まだ火竜族としては子どもだという彼も、父親の魂を解放するために動いている。

ならば自分も頑張らなくては。

「わかった。私も協力するから」

優衣はそう答えると、ジェイドを見る。

「呪法を受けるって、ちょっと怖いけど。でも私もジェイドのお母様と同意見よ。こんな負の連鎖は断ち切った方がいいもの」

ジェイドから聞かされた話は、胸が痛くなるようなものばかりだった。

悲劇はもういらない。

どうせなら、ハッピーエンドがいい。

きっぱりそう言った優衣を、ジェイドは驚いたように見つめている。

「えっと。何か、変なこと言った？」

「……即答するとは思わなかった」

心底驚いた様子でそういう彼の姿に、ふと不安になる。

「え、もしかして呪法を受けるときって、痛かったりする？」

「いや、優衣とルシェーに呪法は効かないから、何も起こらないはずだ」

だったら大丈夫だと、優衣は笑う。

「魔族を誘惑しろって言われる方が、私にはハードル高いから。よかった、相手がルシェーで」

ルシェーなら、まったく緊張せずに相手をすることができる。

思えば魔族と接したのも、あの森で一回きり。

しかも、ジェイドにとっては予想外の遭遇だ。

もし彼が本当に守護者を選出するつもりなら、優衣をもっとたくさんの魔族と接触させていたはず。

最初からジェイドは、ルシェーを選ばせるつもりだったのだろう。

（呪法を受けたふりをするだけなら、私にもできる。ちゃんとできることがあってよかった）

ふと優衣は、ジェイドと以前交わした会話を思い出す。

人は助け合っていると言った優衣に、彼はこの国の人間に助けてもらったことなど一度もないと返したのだ。

立ち上がり、ジェイドを覗《のぞ》き込《こ》むようにして、優衣は言う。

「大丈夫だよ。私に任せて。私がジェイドを助けてあげる」

大袈裟《おおげさ》かな、と言ってから不安になる。

優衣はただ異世界の出身だというだけだ。何の力もない。でもジェイドを助けてあげたいと思ったのは本当だ。

ジェイドは、どうして優衣がこの言葉を言ったのかすぐに理解したのだろう。しばらく思案していたが、ふいにこちらを見て名前を呼んだ。

「……優衣」

「は、はい？」

ジェイドは優衣の手を握った。

祈りを捧《ささ》げるかのように、額に押し当てる。

「今更だ。俺はもう、この手に何度も救われている」

「……うぅ」

恥ずかしくて顔を覆いたいくらいなのに、ジェイドに手を握られているので、それもできない。

そんな優衣を見てジェイドは笑みを浮かべると、その腕にブレスレットを嵌《は》めた。

「これは？」

美しい紫水晶のブレスレットだ。まるでジェイドの母、ルクレティアの瞳のような色。

「先代魔王である父と、俺の魔力が込められている。優衣の願いをひとつだけ叶《かな》えてくれるだろう」

「え、願い？」

「そうだ。俺も約束は守る。これを使って、優衣はもとの世界に戻れ」

「もとの、世界」

腕に嵌められたブレスレットからは、溢《あふ》れんばかりの力を感じる。

「そうだ。守護者の呪法は優衣には効かないから問題はないが、恐ろしかったら掛けられる寸前に使っても構わない。ルシェーがいれば、呪法を解読できる。父の魔力に俺の力を上乗せしているから、時間軸も戻せるはずだ」

「あのときに戻れるってこと？」

暑くてたまらなくて、冷蔵庫を開けたことを思い出す。あれから一ヵ月ほど経過しているのに、あの瞬間に戻れるのか。

使い方は、ただブレスレットに手を当てて、この世界に来る前に戻りたいと強く願うだけで良《い》いらしい。

「だが、父の魔力が込められているのはこれだけだ。失敗したら、もう戻れなくなる。使うときは気を付けろ」

「……うん」

（ジェイドと、もう会えなくなるの？）

ずっと帰りたいと思っていたはずなのに、いざその手段を手にしてみると複雑な気持ちだった。

それでも、もとの世界をすべて捨てる勇気もない。

（時間が戻るのなら、もう少しここで過ごしても構わないってことよね？　だったら、もっとじっくり考えよう。自分でちゃんと決めてから、これを使おう）

そう決意する。

できれば、ジェイドが両親から受け継いだ願いを叶える瞬間を、見届けたいと思う。

「魔族の魂が解放されたら、この国はどうなるの？」

「呪法は、解除したらもう使えなくなる。この国はもう二度と守護者を得ることはないだろう」

こんなことをした国の人間を、もう二度と魔族が愛することはない。

ジェイドは静かな口調でそう告げた。

「自分達の力で国を守らなくてはならないってことね」

「ああ。だが魔族の魂が解放されれば、むしろ襲撃は減る。他の国と同じように軍を強化して自衛すれば、国は存続できるだろう」

「……むしろ今のままの方が、この国は滅びてしまうの？」

「そうなるな」

彼は頷くと、考えを巡らせるかのように視線を落とした。

しばらくしてから、そのままの体勢で言葉を続ける。

「俺はたしかに魔族だけではなく、人間の血も引いている。だが、父の力と記憶を受け継いだせいで、思考がほぼ魔族のものになっている。それに、今まで関わってきた人間も、碌《ろく》な者がいなかった」

「うん……」

さすがにそれは、同意せざるを得なかった。

「父の願いは、契約によって縛られた魔族の解放。これは何としても叶えるつもりだ。だが、母の願い――。人間たちが平穏に暮らせる世界を目指す気には、どうしてもなれない」

無理もないと優衣は思う。

人間側も生き残るために必死だった。それは理解できる。

この世界には魔族だけではない。魔物もいる。魔物は魔族と違って意思の疎通など不可能で、さらに人間を餌として食らうものもいる。

呪法は、魔族と魔物の襲撃に追い詰められた人間が、生き残るために必死に編み出したものだ。

だが仲間を大切にする魔族にとって、同族の魂が囚《とら》われているのは屈辱でしかない。

結局人間たちは、わずかな平穏と引き換えに、魔族の憎悪を背負うことになってしまったのだ。

「だが優衣と出逢《であ》って、少し考えが変わった」

この世界の人間たちの未来は、明るいものではないだろう。そう思って俯《うつむ》いた優衣に、ジェイドは優しい声で告げる。

「この世界に無理矢理連れてこられて、苦労しただろう。俺は人間が嫌いだったから、態度が悪かったことは認める」

「え、まぁ……」

ここで全面的に同意するのもどうかと思い、曖昧に頷く。

たしかに最初の頃は散々振り回されたが、彼の過去を知ってしまうと、それも仕方がないと思ってしまうのは、甘いのだろうか。

「でもほら。危ないときは助けてくれたし、離れてもちゃんと迎えにも来てくれたから、大丈夫だよ」

それにもう過去のことだ。

今のジェイドはすべてを話してくれたし、優衣に協力してほしいことも明確に教えてくれた。だからそう言った。

優衣の言葉を聞いたジェイドは、柔らかく微笑《ほほえ》んだ。

ただ純粋に好意だけの笑みを向けられて、優衣の顔が瞬時に赤くなる。

（な、なんて破壊力……。本当に、綺麗な顔だなぁ……）

だが、攻撃はそれだけではなかった。

ジェイドは手を伸ばして、優衣の黒髪にそっと触れる。

「お前はいつもそうだ。どんな理不尽なことを言われても、それを受け入れてしまう。素直で純真、と言えば聞こえはいいが、すぐに騙《だま》されるような単純なお人好《ひとよ》しだ」

「ぐ……」

つまり馬鹿と言いたいのか。

浄化されてしまいそうな綺麗な笑顔で毒を吐かれ、胸の鼓動が少し収まった。

ある意味、これがジェイドだ。

彼は、赤くなったり、むっとしたりする優衣を見て笑みを深める。

「異世界、中でもお前が住んでいる国は平穏だと聞く」

「そうね。問題がないわけじゃないけど、それでも普通の生活を楽しむ余裕はあるかな」

一ヵ月ほど離れていただけなのに、もう懐かしく思える。

平凡だけど平和な、当たり前の日常。

「もしこの世界も異世界のように平和になれば、お前のように、疑うことを知らない優しい人間が生まれてくるのかもしれない。そう思ったとき、初めてこれからの人間の未来のことを考えた」

優衣の黒髪に、ジェイドはそっと唇を寄せる。

「……っ」

祈るように、願うように紡がれる言葉。

「優衣。俺を助けてくれないか？　この国と魔族の憎しみの連鎖を断ち切るために」

涙が滲《にじ》みそうになった。

何もできないと思っていた自分が、この世界が変わるきっかけになれたのかもしれない。

そう思うと涙はもう零《こぼ》れ落《お》ちそうだったが、優衣は俯かなかった。流れる涙をそのままに、顔を上げてジェイドに微笑む。

「ええ、任せて。きっと役目を果たしてみせるから」

この世界の未来が明るいものであるように、優衣は祈った。


それから事態は少しずつ、ジェイドの計画に基づいて動き出した。

優衣はルシェーと何度か王城に行った。

守護者候補との関係が順調だと示すためだ。でも、もともと同性の友人のように思っていたルシェーが相手だ。しかも火竜族ではまだ子どもだと聞けば、もはや保護者の心境である。

だがルシェーはそれが不満のようで、子ども扱いすると拗《す》ねてしまう。

そこがまた子どもらしくて、可愛《かわい》い。

「僕だってもう少し経《た》てば大人になるよ」

「もう少しって、どれくらい？」

「あと五十年くらい」

「……その頃には、私はおばあちゃんね」

親子ではなく、祖母と孫になっているのではないだろうか。

そう考えてくすくすと笑う優衣に、ルシェーは複雑そうだった。

他愛《たわい》もない会話をして、ゆっくりと商店街を歩く。

その間も、周囲からずっと視線を感じていた。町の人達だけではない。もしかしたらティーヌ国王の手の者が、こちらを監視しているのかもしれない。

「そろそろ帰ろうか。お腹《なか》すいちゃった」

「そうだね。帰ろう」

ルシェーの手を握ると、空間が歪《ゆが》むような感覚がした。

ジェイドの転移魔法では感じなかったことだ。前にジェイドが言っていたように、ルシェーはあまり得意ではないらしい。

「あっ、ごめん。少しずれちゃった」

屋敷の入り口に移動しようとしたようだが、どうやら廊下に出てしまったようだ。今のところ致命的な間違いはないが、そのうちまったく関係のない場所に飛ばされてしまいそうで、少し心配である。

「大丈夫。屋敷の中だったから」

でも少し落ち込んだ様子のルシェーを慰めようとした途端。

屋敷の奥で、何かを床に叩《たた》きつけたかのような、激しい音がした。

「！」

続いて、断末魔のような叫び声。

「ルシェーはここにいて。見てくるわ」

びくりと身体を震わせたルシェーにそう言って、優衣は走り出す。

「待って。僕も行くよ。僕は優衣の護衛だから」

そう言って先に立つルシェーの後ろを歩き、物音のした場所に向かう。

「あれは……」

大きな扉のある部屋の前に、血まみれのティラが倒れていた。信じられない光景に、息を呑《の》む。

「ティラさん！」

慌てて駆け寄って抱き起こす。全身に裂傷があるが、傷はそれほど深くないようだ。

「手当をしないと……。ルシェー、ティラさんを運んでくれる？」

「う、うん」

青ざめた顔をしながらも、彼は頷いた。手を伸ばして抱き上げようとしたところで、目を覚ましたティラがそれを拒絶する。

「ルシェー、ジェイド様を……。ヒースが裏切ったのよ」

「……っ」

ティラの言葉に、ルシェーは真っ青になった。そしてティラが倒れていた扉の奥を、震えながら恐ろしそうに見つめている。

「ヒースって？」

ジェイドには及ばないとはいえ、それなりに強いルシェーの反応に、優衣は思わずそう尋ねていた。

「前魔王様の……。グィード様の忠実な配下でした。魔王様が亡くなる際にジェイド様のことを託され、今までずっと……」

ティラの声が震えて、途切れる。

ジェイドは、父の力だけではなく記憶も継いだと言っていた。

それなら当然のように、忠実な配下だったヒースという魔族を信頼していたのだろう。

ジェイドは魔族の魂を解放するために、あれほど嫌っている人間の中に身を置いて戦ってきた。

ようやく人間に対する認識が変化してきたのに、今度は魔族から裏切られるなんて。

「ジェイド！」

「優衣、危ないから駄目だ！」

「優衣様！」

止めるルシェーとティラを振り切って、優衣は目の前の扉を開けて中に飛び込んだ。

「！」

広い部屋は、無惨な状態になっていた。

机や本棚などがすべて凄《すさ》まじい力で押し潰されたように破壊されている。

瓦礫《がれき》の山と化した部屋の中央に、ひとりの男性が倒れていた。

激しい戦闘が行われていたようで、部屋と同じようにその男性もひどい状態だ。ぴくりとも動かない様子を見ると、もう息絶えているのかもしれない。

（ジェイドは？）

優衣は慌てて周囲を見回す。

彼は、横たわる男を静かに見つめていた。

ジェイドもまた傷だらけだ。

髪も服も乱れ、全身の至るところに裂傷や打撲の跡がある。

早く手当をしなければと手を伸ばしかけたとき、ジェイドは小さな声で呟《つぶや》いた。

「ヒース。なぜ、あと数年待てなかった。どうせ殺されるのならば、お前がいい。そう思っていたのに」

「えっ？」

あまりにも衝撃的な言葉に思わず声を上げてしまったが、ジェイドは優衣を見ることなく、そのまま姿を消してしまった。

「あ、ジェイド！」

怪我《けが》をしていた。魔力だって、かなり使っただろう。

それなのに手当もせずに消えてしまった。

動揺して名前を呼ぶと、ティラとルシェーが部屋の中に駆け込んできた。

「優衣、無事？」

「……ヒース」

ルシェーは優衣に飛びつき、ティラは、倒れている男の名を呼んで、悲痛そうに顔を歪める。

「ティラさん、ジェイドがいなくなってしまったの。ひどい怪我をしていたのに」

「おひとりに、なりたいのでしょう。今は、どうか……」

そっとしておいてやってほしいと、言われてしまう。

(でも……)

気がかりだが、まずティラの怪我も手当をしなくてはならない。ルシェーに頼んで彼女を寝室に運んでもらい、丁寧に手当をした。

安心すると、怪我をしたまま消えてしまったジェイドのことが心配になってきた。

「ティラさん。ジェイドが言っていたの。どうせ殺されるのなら、あの人がよかったって。どういう意味かわかる?」

「……」

彼女は答えず、ただ俯くばかりだ。

「変なことを聞いて、ごめんなさい。でも私、ジェイドが心配で」

「……魔族が力を受け継ぐには、ふたつの方法があります」

しばらく視線を落としていたティラは、やがて決意したように話し出した。

「ひとつは、以前お話ししたように親から子に引き継ぐもの。もうひとつは、殺して奪う方法です。この方法では、力だけを受け継ぎます」

「それじゃあ、あの人は」

ティラは裏切ったと言っていた。つまりヒースという魔族は、ジェイドが引き継いだ魔王の力を奪おうとして、彼を襲ったのだろう。

「どうせ殺される、というのは……」

「いかに稀有《けう》な魔力の持ち主だったとはいえ、ルクレティア様は人間でした。魔族の中でも最強だったグィード様のお力は強く、人間の身体では耐えられないものです」

ジェイドも半分は魔族だが、このまま何事もなく過ごせる可能性は低い。現に、今だって魔力弊害に悩まされている。

いずれは、強すぎる魔力に身体が苛《さいな》まれていくだろう。そうなったら、魔王の力を欲する者が放っておくはずがない。

ティナの話に、優衣は血の気が引いていく。

「そんな……」

ジェイドは自分がいずれ魔族に殺されるとわかっていて、それでも魔族の魂を解放するために奔走しているのか。

「……っ」

泣いても仕方がないのに、涙が溢れてくる。

肩を震わせて泣く優衣の手を、ルシェーが握ってくれた。彼もまた、今にも泣きそうな顔をしていた。

「ジェイドのお父様は、こうなることがわかっていて、力を受け継がせたの？」

「いいえ。そんなことはありません。グィード様は、ルクレティア様が傍《そば》にいれば大丈夫だと信じていらっしゃいました。ルクレティア様は魔族に近いほどの魔力を持っていましたが、特に守護魔法を得意としておられましたから」

ジェイドの母は、魔族の攻撃も防げるほどの守護魔法を使えたようだ。その力で、大切な人の忘れ形見であるジェイドを守っていくつもりだったのだろう。

だが結果的にジェイドの母も命を落とし、彼ひとりが残された。

どうしようもない心の痛みを抱えたまま、優衣はティラの代わりに食事の支度をしたり、部屋の片づけをしたりした。

ティラは申し訳ないと仕事をしようとしたが、気が紛れるからと言って、無理に休ませた。

食事をしたあとの食器を片付けながら、考えるのはジェイドのことだ。

彼は今、どこにいるのだろう。

ひとりで何を考えているのだろう。

そう思うと堪《たま》らなくなって、気が付けば中庭の前に立っていた。

ここから魔族の領域、魔王城に行けるはずだ。

ジェイドはきっと、そこにいる。

魔族の住む場所に向かう恐れを振り払うように首を振って、優衣は救急箱を手に中庭に足を踏み入れた。

魔法陣で移動したあとは、左右を見回しながら慎重に歩いていく。魔王城の門は開いていて、この間のように誰もいない。

誰もいない古城。

薄暗くて、自分の足音ばかりが響く。

ジェイドと来たときは綺麗な場所だと思ったのに、今は少し怖い。

彼の両親の肖像画があったホールに行ってみたが、誰もいない。優衣はしばらく考えてから、この城に来たときに案内された部屋を探す。

（……いた）

彼の母が使っていたという部屋のソファーに、捜していた姿を見つける。

目を閉じて座っている様子は、まるで命のない彫刻のようだ。

「ジェイド」

だが声を掛けると、彼はゆっくりと目を開いた。海の底のように深い藍色の美しい瞳が、優衣に向けられる。

「どうした？」

いつもとは違う、消えてしまいそうなほど小さな声。

「傷の手当をさせて。結構ひどいように見えたから」

答えは返ってこなかった。

優衣は気にせず、隣に座って傷の具合を確かめる。以前なら目をそむけたくなるほど深い傷もあったが、何度も彼の手当をしているうちに慣れてきてしまったようだ。

「魔法って、攻撃魔法ばかりなのね。治癒魔法みたいなのがあればいいのに」

「俺の母は使えたようだ。欠損さえ治せたというから、恐ろしい話だ」

「……恐ろしいの？」

「ああ。そんな相手と戦うことになったら、消耗戦になるだろう」

味方としてではなく敵として想定しているところに、今までの彼の生き方が表れていた。

ミルーティが、彼は十歳の頃から魔導師として戦ってきたと言っていた。襲ってきた魔族の中には、魔王の力を狙う相手もいたのかもしれない。

優衣は両手をぎゅっと握りしめた。

（どうして私には、何の力もないの？　異世界転移なら、何か特別な力を授かるとか……）

そんな都合の良い話はないとわかっている。そもそも優衣は、ジェイドによって召喚されたのだ。

何もできない無力感を抱えたまま、それでも手当だけは丁寧にやらなくてはと、手を動かした。

見逃した傷はないか。丁寧に調べたあと、ゆっくりと手を離す。

「……終わったわ」

優衣にされるがまま大人しくしていたジェイドは、その言葉に頷くと、ふと表情を緩める。

「お前はもう異世界に帰る。こうしてもらうのも、これで最後だな」

「あ……」

優衣はもうすぐ、ルシェーと守護契約を結ぶことになっている。

明日にはジェイドが国王に報告し、近日中に儀式が行われるだろう。

それが終わったら、優衣はもとの世界に戻る。こうやって傷を負った彼の手当をするのも、彼が言うように最後になるかもしれない。

ここを去ったあと、誰が彼の傷の手当をするのか。

（きっと誰もいない。最初そうだったように、放っておくのでしょうね）

孤独なその姿が目に浮かんで、胸が痛い。

（ジェイドと離れたくない。ずっと、傍にいたい……）

もし戦いで傷付いたらこうして手当をして、夜は抱きしめてあげたい。

でも優衣には戦う力も、ジェイドを守る力もない。

ただ守られるだけでは、彼の負担になるだけ。これ以上、ジェイドに何かを背負わせてはならないのだ。

「優衣？　なぜ泣いているんだ？」

困惑したようなジェイドの声に、涙は止まらなかったけれど精一杯微笑んで見せた。

「泣いていないわ。私は大丈夫よ」

ジェイドは何か言いたげな顔をしていたけれど、結局何も言わず、ただ静かに優衣を見つめていた。

「優衣」

ふいに名前を呼ばれ、ジェイドの手が優衣の頬に添えられた。

「え？」

驚いて彼を見上げようとした途端。

唇が重なった。

「……っ」

突然のことだった。

驚いてジェイドの胸に手を当てるが、突き放そうとは思わなかった。

軽く触れてすぐに離れた唇。ジェイドの深い藍色の瞳が、窺《うかが》うように優衣を見つめる。

慈しむような優しい瞳。でも、その奥に悲しみも感じる。

そんな瞳で見つめられたらたまらなくなって、優衣はジェイドの胸に当てていた手を彼の背中に回した。そのまま目を閉じると、今度は深く、長く口づけられる。

「……ぁ」

吐息までも奪われて、苦しくなって小さく声を上げる。すると宥《なだ》めるように髪を撫《な》でられた。

キスの意味なんか聞かなかった。

あんなに優しく抱きしめられて、溶けるような熱い瞳で見つめられて、気付かないわけがない。

でも互いに、言葉にはしなかった。

ただ寄り添い合ったまま、会話もなく静かに過ごしていた。

ジェイドは優衣の背に手を回したまま、ぼんやりと窓の外を眺めている。

優衣はその整った横顔をずっと見つめていた。

絶対に届かないと思っていた相手に振り向かれて、少し困惑しているのかもしれない。理由を探していた優衣は、ふとあることに気が付いてひとり頷く。

（ああ、きっと私が異世界の人間だから）

この世界の人間を嫌悪し、それでも完全な魔族ではないジェイドは、ずっと孤独だった。同じハーフであるルシェーなら共感できたかもしれないが、彼はまだ子どもである。ジェイドにとってルシェーは同等ではなく、むしろ守らなくてはならない存在だ。

そんな彼の心の隙間に、異世界出身の優衣は上手《うま》く入り込んでしまったのだろう。

もちろん、それを意識していたわけではない。

傷の手当をしたのも放っておけなかったからであり、魔力がないのもこの世界の人間ではないのだから当然のことで。

それが結果的に、意図せずジェイドの心を優衣に向けさせてしまった。

（でも私は、もとの世界に帰る……）

想《おも》いが通じなければよかったのに、と思ってしまう。

もう会えない人をずっと想い続けるのも、自分だけならそれでもよかった。

この恋は、彼の孤独をより深めただけではないのか。

ふと肩に重みを感じて我に返る。

触れた部分から感じる体温がいつもより高かったから、もともと本調子ではなかったのだろう。

彼は、弱っているときほど優衣に触れたがる。

魔力のない優衣を求めるのは本能的なものかもしれない。

でも、それだけではないと信じている。

起こさないように気遣いながら、ジェイドの頭をそっと膝の上に乗せた。

柔らかな髪に指を絡ませる。

実在することが信じられないくらい、綺麗な顔。

見た目よりも逞しい手。

何度も優衣を抱きしめていた腕。

全部、覚えておこう。

もう二度と会えなくても、きっと忘れない。

時間が過ぎてしまうのが惜しくて、優衣は朝まで眠らずに、ジェイドを見つめていた。


その日。

優衣はルシェーとともにジェイドに連れられて、王城に向かった。

そこで国王に、ルシェーと守護者になる約束を交わしたことを報告する。

毎日続いた魔族の襲撃に王も国民も疲れ果てていた。誰ひとり反対することなく、すんなりと許可は下りる。

ライバルだったミルーティやマルティさえ、何も言わなかった。

誰もが新しい守護者を待ち望み、それが決まれば平穏な生活に戻れると信じている。

だがこの先に待っているのは、守護者の永遠の喪失。もう元の生活には二度と戻れない。

それを知る優衣は、安堵《あんど》している人達に罪悪感を覚えてしまう。

「優衣が気にする必要はないよ」

そう言ったのは、ずっと一緒にいてくれるルシェーだ。

ふたりは儀式が終わるまで、王城で過ごすことになる。

儀式の準備は最優先で進められているらしく、二、三日後には行われるだろう。

優衣はジェイドの指示で、寝るとき以外はこうしてルシェーと一緒に過ごしている。

「この国は自分達では何もせず、誰かが解決してくれるのを待っている人達ばかりだから」

「……でも。自力で解決できる力がある人なんて、ほんの一握りよ」

もし自分がこの国の住人だったとしたら。

不安を抱えながらも何もできず、ただ誰かが救ってくれるのを待つだけだったかもしれない。

「だから、できる人が頑張ればいいのかなって思う」

「……優衣のそういう考え方は、危険だと思うよ」

ルシェーは、心配そうな顔をしていた。

「優しい優衣の心に付け込んで、利用しようとする人がいるかもしれない。気を付けてほしい」

「その忠告は少し遅かったわね、ルシェー。今まさに利用されている最中よ」

ジェイドにね。

そう言うと、彼は本当だねと笑う。

ルシェーの無邪気な明るさは、沈みがちな優衣にとって救いだった。

ジェイドは国王に守護者決定の報告をしたあと、すぐに工城を出て行った。色々と準備があるのだと言う。

きっと儀式の当日まで戻らないだろう。

もうふたりきりになることはない。

あの魔王城で過ごした夜が、最後になる。

そう思うと、寂しさで泣いてしまいそうになる。

「優衣は、本当に帰っちゃうの？」

静かにあの日のことを思い出していた優衣に、ルシェーが窺うように言った。

「ええ。だって私は、あの世界の人間だもの。両親もいるし、友達もいるから」

「そっか。……そうだよね」

寂しそうに笑うルシェーの手を、そっと握りしめる。

優衣は自分の世界に帰る。

でもここで過ごした日々を、ジェイドのことを忘れることはできない。

（向こうに帰っても、もう恋なんてできないだろうなぁ）

ジェイド以上の男性と出会えるとは思えない。

ずっと彼を恋しく思い、年月だけが経過していく様が見えるようだ。

（今の仕事って、定年まで続けられるかしら。ひとりで生きるには、どのくらいの貯金が必要かな

あ）

そんなことをぼんやりと考えて過ごしているうちに、とうとう明日は儀式が行われる日となった。

ここ二日間は儀式のリハーサルなどで忙しかったが、今日は軽い打ち合わせや衣装合わせだけで終わった。

ルシェーと一緒に夕食をとったあとは、優衣は早々に自分の部屋に戻っていた。

「こんなに綺麗な部屋で過ごすのも、今日が最後かもね。明日からは、自分の部屋で……」

美しく広い部屋に、自分で作らなくてもいい、おいしい食事。

そんな生活をしたあとに、今時クーラーもない狭いアパートで暮らすことを考えると、少し憂鬱になる。

「まぁ、それが相応よね。今までが夢のような待遇だったのよ。ただ、元に戻るだけ。だから、うん。大丈夫」

指が、無意識に唇に触れていた。

誰もいない古城で、静かな夜にふたりきり。

そんな場所であんなに優しく唇を奪われてしまったら、もう二度と忘れられなくなる。

最後の恋になってしまう。

ジェイドのことが忘れられずにひとりで生きるよりも、いっそこの世界に残ってしまおうか。そう何度も考えているのに実行する勇気が出ないのは、ジェイドがそれをまったく望んでいないからだ。

すべてを捨ててこの世界に残ったのに、振られてしまったらさすがに悲惨である。

（期間限定だから優しいってことも、あり得る。だってジェイドだもの）

恋した人を信じきれないのも寂しいが、まだ出会って一ヵ月ほどしか経っていない。むしろ面倒だと放置されていた時間の方が長かった。

この恋を育ててみたかった。

お互いに何があっても大丈夫だと信じられるくらい、強固な絆《きずな》を築きたかった。

それも叶わぬ願いだと受け入れて、向こうの世界で頑張ろう。

「うん。私は大丈夫よ」

涙を流しながら、優衣は微笑んだ。


そうして、儀式の朝になる。

眠らずに過ごした優衣は、次第に明るくなっていく空を静かに見つめていた。

（そろそろ城の人達が起こしにくるかも）

儀式の準備があり、優衣は朝から色々としなくてはならないことがある。

簡単に着替えをすませると、侍女が朝食の支度ができたと呼びにきた。

城にいくつもあるダイニングルームの一室に案内されると、先にルシェーが来ていた。

「おはよう、ルシェー」

そう声を掛けると、彼も笑みを浮かべておはようと返す。ふたりで一緒に朝食をとると、それぞれの準備のためにまた別れることになる。

儀式のためのドレスに着替え、手順を確認していると、迎えが来た。

いよいよ儀式が始まる。

儀式は、王城の奥深くにある部屋で行われるらしい。

途中までは侍女が付き添ってくれたが、それが途中で護衛騎士に変わる。

先に進んでいくと、廊下は華やかな装飾のないシンプルなものに変わっていた。

絨毯《じゅうたん》さえ敷いていないので、コツコツと足音が響く。

窓もないようで暗く、ランプの明かりだけが頼りなのに、それも少しずつ減っていく。不安になってきたところで、突然見上げるほどの大きな扉が現れた。

鋼鉄の扉には魔法陣が刻まれ、淡く光っている。その扉にいくつもの目があったような気がして、優衣はびくりと身体を震わせた。

（この扉、怖い……。怨念が色濃く染み付いているような……）

ここに宿っているのは、儀式の強化のために利用されている魔族の魂なのか。そう思うと怖さよりも、憤りと悲しさが溢れる。

少し遅れて到着したルシェーも、朱金の瞳に怒りを込めて扉を睨《にら》んでいる。

やがて重厚なローブを纏《まと》った老女が現れた。彼女の背後には国王陛下と王太女殿下、そしてジェイドの姿がある。

（ジェイド！）

ようやく会えたジェイドの姿に優衣はくまなく視線を走らせ、新たな怪我がないことを確認して、ほっと胸を撫で下ろす。

「儀式の間に入る前に、この扉に手を当て、儀式の邪魔はしないこと。決定にはすべて従うこと。そして、ここで見たものはけっして口外しないことを誓え。この誓いを違《たが》えたとき、この国を守護する英霊が、そなたを殺すだろう」

ローブ姿の老女が、厳かにそう告げる。彼女は国王陛下の母。つまり王太后のようだ。

最初に国王がその扉に触れ、誓いの言葉を口にする。

そして王太女殿下。騎士団長。魔導師団長。更にジェイドが続く。

儀式の間に入る前に、問題を引き起こすわけにはいかないと、優衣もルシェーも彼らに倣った。

全員が誓いの言葉を口にして扉に触れると、重厚な扉がゆっくりと開いた。

中から湿った空気が流れてくる。

薄暗くて不気味な空間だったが、それほど嫌な感じはしない。

そう思っていた優衣の手を、ルシェーがきつく握りしめる。

「ルシェー？」

「……酷《ひど》い。人間を恨んでいる魔族の魂が恐ろしい悲鳴を上げている。引《ひ》き摺《ず》られそうで、怖いよ」

そう囁《ささや》いたルシェーの手を、優衣はしっかりと握った。

「大丈夫よ。私が傍にいる。頑張って、呪法を破りましょう？」

「……うん」

健気《けなげ》に頷いたルシェーの手を取って、儀式の間に入る。

優衣以外の人達にも、不調を訴える者はいない。ルシェーが感じた魔族の恨みや悲鳴は、魔族の血を引いた者にしかわからないようだ。

（ジェイド？）

はっとして振り返ると、ルシェーよりも青白い顔をしたジェイドの姿があった。

今にも倒れそうな姿に駆け寄りたくなるが、そうすることはできない。唇を噛《か》み締《し》めて、その衝動に耐えるしかなかった。

見かねた魔導師団長が、ジェイドを支えている。魔力弊害に苛まれていると思っているのだろう。

（待っていて。すぐに終わらせるから……）

部屋の中央には優衣の背丈よりも大きな、血の色をした水晶があり、禍々《まがまが》しい光を放っていた。

そこには様々な紋様が浮かび上がっている。

（これが、呪法なの？）

よく見ようとすると、妨害されるような感覚がある。頭の中をかき回されるような不快感に視線を逸《そ》らすしかなかった。

「これから守護契約の魔法儀式を執り行う」

王太后の声に、ルシェー以外の全員が頭を下げた。

優衣は一度だけ腕に嵌められた紫水晶のブレスレットを撫でて心を落ち着けると、練習したように淡々と儀式をこなした。

小さなナイフで指を傷付け、誓いの言葉を口にしながら、その血を同じ色の水晶に垂らした。

「我が名は優衣。この身をルシェーに捧げ、守護者とする」

「我が名はルシェー。優衣を対価として、この国の守護者となる」

そう誓い合うと、優衣の背丈よりも大きい水晶の表面に黒い紋様が浮かび上がる。

それが優衣とルシェーの身体に宿ろうとした瞬間。

ふたりの前にジェイドが飛び出した。

「ジェイド！」

「お前は、何を」

「儀式の邪魔をするな！」

優衣の叫び。国王陛下や儀式を取り仕切っていた王太后の怒りの声。

さまざまな言葉が飛び交うが、ジェイドにはどれも届いていない。

彼は水晶から浮かび上がった紋様を魔力で打ち砕くと、黒い紋様が無数に浮かび上がる水晶に向かって手を翳《かざ》した。

高まる魔力。

空気が震えている。

優衣は座り込み、ルシェーの手を握っていた。

最初は、呪法を受けたあとにそれを解除すると言っていた。

けれどジェイドは、優衣とルシェーが呪法を受ける前にそれを受け止め、打ち砕いた。

緻密な計画を立てていたはずだ。

けれど彼だって、この儀式の間に足を踏み入れるのは初めてだ。予定と違い、優衣とルシェーがそれを受けるのは危険だと判断したのか。

だがこの場でそんなことをすれば、今度は彼自身が危険だ。

現に国王は扉の向こうにいる護衛騎士を呼び寄せ、ジェイドを取り囲ませている。

「騎士は必要ない。誓いの言葉を破った愚か者は、英霊が始末してくれる」

儀式を取り仕切っていた王太后はそう言うと、この部屋に入る前に誓いを立てた扉の前に立つ。

「ジェイド！」

背筋がぞくりとした。嫌な予感がして、優衣は彼の名を叫ぶ。

「儀式を穢《けが》した愚か者を罰せよ」

低く押し殺した声がそう命じると、扉から無数の黒い刃が突き出して、ジェイドの身体を貫いた。

「いやああっ！」

悲鳴を上げて縋《すが》りつこうとした優衣を、ルシェーが抑える。

「ルシェー、離して！」

「邪魔をしたら駄目だ。ジェイドはやり遂げようとしている」

その言葉と同時に、血の色をしていた水晶が金色に光る。

あまりの美しさに、一瞬見惚《みと》れていた。

すると鏡が割れるような大きな音とともに、水晶が粉々に砕け散った。

その瞬間に、部屋の空気が変わる。

同時にジェイドを貫いていた黒い刃も、煙のように消えてしまった。

呪法に縛られていた魂が浄化されたのだ。

優衣を掴《つか》んでいたルシェーの手が震えている。彼は涙を流して、消えていく黒い刃に向かって呟いた。

「……お父さん」

ルシェーの父親はこの国の守護者だったとジェイドが言っていた。彼は捨てられたのではなく、呪法に縛られた父親によって手放されたのだろう。

父親の魂を解放するために、ジェイドに協力していた彼は、とうとう目的を果したのだ。

（ジェイドは……）

刃が消えると同時に崩れ落ちたジェイドを、助け起こそうとした。

けれどそれよりも早く、国王によって呼び寄せられた騎士が彼を取り囲む。

「守護魔法を打ち破るとは、貴様は人間ではないな。殺せ。その屍《しかばね》を新たな呪法のための贄《にえ》とする」

王太后の言葉に、ジェイドを取り囲んでいた騎士達から迷いが消える。

人間ではないのなら、殺すことに躊躇《ためら》いはない。そう思ったのか。

「やめてっ！」

制止する優衣の叫びは誰にも届かず、騎士達の振り上げた剣が、崩れ落ちたままのジェイドを刺し貫く。

「ジェイド！」

彼の名を呼びながら、優衣は手首に嵌めていた紫水晶のブレスレットに触れる。

もちろん帰るつもりなどない。

ジェイドを置いてもとの世界に戻ったりしない。

「お願い。私に力を……。ジェイドを守る力が欲しいの！」

そう強く願った途端、世界が白く染まる。

あまりの眩《まぶ》しさに目を閉じた。

すると、誰かの泣き声が聞こえてきた。

そっと目を開けると、優衣は今までとはまったく違う場所にいた。

自分は、意識だけの状態のようだ。

見渡してみると、木造の小さな家に簡素なベッドがある。そこにひとりの女性が横たわっていた。

艶《つや》やかな長い黒髪に、宝石よりも美しい紫水晶の瞳。

彼女は白い布に包まれた何かを大切そうに抱きかかえながら、声を押し殺して泣いていた。

その姿は魂を奪われてしまうほど美しく、優衣は思わず彼女に魅入られていた。

「ああ……」

涙とともに、悲痛な溜息《ためいき》がその唇から零れ落ちる。

彼女の思考が優衣の中に流れた。

あなたは逝ってしまった。

わたくしの半身。わたくしの最愛。

でも、この子を残してくれた。

愛《いと》しいあなたの血と力を引き継ぐ、わたくしの子ども。


彼女の腕の中にいるのは、金色の髪をした産まれたばかりの赤子。

愛しくてたまらない様子で、彼女はその子を抱きしめる。

けれど家の扉が乱暴に開かれ、武装した騎士がなだれ込んできた。

彼女は守るように子どもを抱きしめ、彼らに敵意を向けた。

「ルクレティア様。それをお渡しください」

豪奢《ごうしゃ》な騎士服を着たひとりの男が、恭しく彼女の名を呼ぶ。

「魔族の子どもを産まされるなど、おいたわしいことです。それは我々が処分いたします。どうぞ王城にお戻りください」

陛下もお待ちしていますから、と男は蕩《とろ》けるような優しい笑みで彼女に手を差し伸べる。

けれど、彼女がその手を取ることはなかった。

「この子はわたくしの子ども。愛しいあの人の形見。あなた達などに渡しません」

それを聞いた男は、王妹殿下は魔族に洗脳されている。子どもを取り上げてルクレティア様を保護しろと叫ぶと、数人の騎士が彼女のベッドを取り囲む。

動けないほど弱っていた彼女だったが、それでも子どもを守ろうと、転移魔法で逃げようとした。

けれど弱った身体では遠くまで逃げきれず、何度も見つかりそうになって移動を繰り返す。

最後には血を吐いて倒れながらも、子どもを抱きしめる。

そして、静かに語りかけた。


あなたはグィードの力と記憶を受け継いだから、きっと人間を憎むでしょう。だから人間に対する恨みや憎しみを忘れてしまうくらい、愛するつもりだった。

あなたが受け継いだ巨大な力は、きっと半分は人間であるあなたを苛むかもしれない。

でも、わたくしの守護魔法で守るつもりだった。

それなのに、もう傍にいられない。あなたをひとりにしてしまう。

ごめんなさい。

愛している。

わたくしの大切な、「ジェイド」。


ルクレティアは最期の力を振り絞って、ジェイドを遠くの孤児院に飛ばす。そして子どもの遺体を魔法で作り出すと、それを胸に抱いて目を閉じた。

誰か、守ってほしい。

あの子を誰か、愛してほしい。

わたくしの代わりに。わたくしの大切な、あの子を……。


あまりにも悲痛な感情が流れ込んできて、優衣の瞳から涙が溢れる。

ジェイドの母は、こんなにも愛していた。

夫である魔王を、産まれた子どもを愛していたのだ。

優衣はこみ上げる涙を拭おうともせずに、両手を組み合わせて祈りを捧げる。

「私が、守ります。私があなたの分まで愛します。だから、どうかジェイドを。私の愛するあの人を、守る力を授けてください」

そう願った途端、紫水晶が光った。

想いと力が、身体に満ち溢れてきた。

それは、ジェイドの母が最期に願った祈り。

そして彼女の持っていた力だ。


ふと目の前の景色が変わった。

ルシェーが、ジェイドを抱きしめて泣いている。

彼はとても強いけれど、まだ子どもだ。大切な人を目の前で失いそうになって、ただ動揺して泣いている。その周りを取り囲む騎士。あのままだとルシェーも殺されてしまうかもしれない。

「ジェイド」

優衣は魔法で騎士達の動きを封じると、彼の傍にそっと跪《ひざまず》いた。

不安そうなルシェーに大丈夫だからと笑い、ジェイドの手を握る。

治癒魔法で、すべての傷を癒《いや》す。過去の傷跡も、彼を苦しませていた魔力弊害も、何ひとつ残さずに。

「優衣？」

ルシェーが呆然《ぼうぜん》としていた。優衣はルシェーの手を握って、片手でジェイドを抱きしめる。

「帰りましょう。私達の家に連れて行って」

「……うん」

戸惑いながらも、ジェイドを安全な場所に運ばなくてはと思ったのだろう。ルシェーの転移魔法で、優衣達は王城から逃れる。

騎士も、魔導師でさえ優衣の魔法に拘束されて動けず、それを見送るしかなかった。

優衣は最後にあの恐ろしい部屋を確認する。

呪法の元となっていた水晶はもう砕けている。扉からも怨念を感じないようだ。もう大丈夫だと確信した。

力の安定していないルシェーの転移魔法は、動揺していたこともあり、今回もうまくいかなかったようだ。少し地面から浮いた状態で移動してしまい、優衣は慌ててジェイドを庇《かば》う。

「……っ」

その衝撃で目を覚ましてしまったのか、ジェイドが自分を抱えている優衣を見つめた。

「……優衣？」

「ええ、私よ」

傷はすべて癒したが、出血が多かったのでしばらくは安静していてほしい。優衣はジェイドの頬に手を添えて、そっと眠りの魔法を使う。

「傍にいるから、もう少し休んでいて」

優しく宥めるように言うと、ジェイドは素直に目を閉じた。

「ごめんね。失敗しちゃって。僕が運ぶよ」

「ええ。ルシェー、お願いね」

慌てて出迎えたティラが、ベッドを整えてくれた。

そこにジェイドを寝かせて、優衣とルシェーはティラに促されて着替えをする。ジェイドを抱えていたので、ふたりとも血まみれになってしまっていたのだ。

着替えをしてから様子を見に行くと、ジェイドは深い眠りに落ちている。しばらく目を覚ますことはないだろう。

説明をしなければとティラの元に行くと、先にルシェーが来ていた。

ふたりは戸惑ったように優衣を見つめている。

「えっと、どうしたの？」

何か聞きたそうな雰囲気を感じ取り、先に声をかける。

「あの、優衣様」

「うん」

この身に宿った力のことを聞かれるのではないか。そう思ったが、ティラの話はまったく別のことだった。

「優衣様の瞳の色が、変わっています……」

「えっ？」

慌てて部屋の中にある鏡を見ると、濃い茶色だったはずの瞳が、ブレスレットのような美しい紫色に変わっていた。

「うわ、本当だ。……びっくりした」

まるでジェイドの母、ルクレティアの瞳を受け継いだかのようだ。慌ててブレスレットを見ると、美しい紫水晶は色を失って、ただの石のようになっている。

「優衣、気が付いていなかったの？」

ルシェーの問いに、こくりと頷く。

「でも理由はわかる。私がジェイドの傷を癒したのを、見ていたでしょう？」

何もわからずに戸惑うティラに、優衣はルシェーと一緒に儀式の間で起きたことをひとつずつ説明した。

「儀式で呪法を受けたら、それを解除すると聞いていたけど……」

「うん。でも、あの血の色をした水晶が呪法の要だった。あれを破壊しないことには、完全に呪法をなくすことはできなかったと思う」

ルシェーによると、呪法の本体は、儀式で授けられる紋様だと思われていたようだ。

けれどあの水晶を目の前にして、ジェイドは水晶が本体であり、あれを破壊しなければ魔族の魂を解放することはできないと悟った。

「あの扉は儀式のときしか開かれない。無数の魔族の魂を利用しているから、無理に破壊したら魂も傷付いてしまう。だから、今しかないと思ったんだろうね」

「……そうだったの」

囚われている魔族の魂を解放するために動いているジェイドがそうするのは、当然かもしれない。

でも扉の誓いを破ったことにより、その魔族の魂から攻撃を受けてしまったのだ。そして、この国の騎士はジェイドが人間ではないと知ると、躊躇うことなく剣を突き立てた。

その話を聞いたティラは、怒りを堪《こら》えるように両手をきつく握りしめた。

そんな彼女に、優衣は語りかけるように告げた。

「このブレスレットは、ジェイドにもらったの。先代魔王と、ジェイドの魔力が込められているそうで、私の願いをひとつだけ叶えてくれると言っていたわ」

ルシェーもティラも、これがもとの世界に戻るためのもので、もう力を失っていることにも気が付いたようだ。

「私はこれに願ったの。ジェイドを助ける力が、守る力が欲しいって」

その結果、優衣に魔法が宿り、ジェイドを救うことができた。

「そのときに、ジェイドのお母様の幻を見たの。だからこの力は、彼女のものかもしれない」

「……ルクレティア様の」

呆然と優衣の瞳を見つめるティラに、にこりと微笑む。

「だからこれからは、私はジェイドを守るわ。もう誰にも傷付けさせない」

「でも、優衣はもとの世界に戻れないよ。それでもいいの？」

狼狽《うろた》えるルシェー。

たしかに彼には以前、家族や友人がいるから帰ると言った。

「いいの。未練がないと言えば嘘《うそ》になる。家族は恋しいわ。でも、私にはここに残る理由があるの」

ジェイドの負担になってしまうからと、離れることを決めていた。

けれど、優衣は力を手にした。

それは自分の身だけではなく、ジェイドも守れる力だ。

だからもう、彼の傍から離れない。

彼の母親の分もジェイドを守り、愛すると決めた。

言葉にはしなかったが、ティラにはわかったのだろう。

母のような姉のような、優しい笑顔で頷いてくれた。

「わかりました。優衣様がそう決めたのであれば、私はこれからも優衣様に従います」

エピローグ

それから、まだ目を覚まさないジェイドを除いた三人で話し合い、この屋敷《やしき》から魔王城に移ることにした。

きっとこの国の者は、守護者の喪失という大事件の責任を取らせるために、ジェイドと優衣《ゆい》を重罪人として捜し出そうとする。

ジェイドの体調が完全に戻るまでは、人の手の及ばない場所で彼を匿《かくま》う必要があった。

彼はそのまま三日ほど眠り続け、四日目の朝にようやく目を覚ました。

優衣が手を握っていることに気が付いたのか、ぼんやりとした瞳のまま、名前を呼ぶ。

「……優衣？」

「うん。ここにいるわ」

握った手に力を込めると、我に返ったのか、急に起き上がろうとした。

「……なぜ優衣がまだここに。俺は、生きているのか？」

「駄目よ。まだ完全に回復していないの。しばらくは安静にしていて」

ベッドに寝かせようとしたが、優衣の瞳を見たジェイドが制止も間に合わないほどの速度で飛び起き、眩暈《めまい》がしたのか、そのまま崩れ落ちる。

「出血が酷《ひど》かったの。だから、無理はしないで」

「……ブレスレットを、使ったのか」

優衣の瞳がどうして変わってしまったのか。彼はすぐに理解していた。

「どうしてそんなことを。あれはもう二度と作れない。もとの世界に戻れなくなったんだぞ」

「うん。でも自分で選んだから、後悔もしていないわ」

焦燥を滲《にじ》ませる彼とは反対に、優衣はとても落ち着いていた。笑顔さえ浮かべてそう言うと、ジェイドが戸惑う。

「帰るために頑張ってきたんだろう？　それなのに、なぜ」

「あなたを愛しているからよ」

そう言って彼の手を握り、頬に押し当てる。

「優衣……」

「愛しているわ。このままもとの世界に戻っても、きっとあなたを忘れられなくて、ずっとひとりで寂しく生きるだけ。それでもジェイドの負担になるだけなら、帰らなくてはならないと思っていたの」

でも彼を救える力が欲しいと願い、それを叶《かな》えることができた。

大切な人を守る力を得た。

「ジェイド。この力を継いだときに私が見たものを伝えるわ。あなたには知ってほしいから」

そのまま直接彼の頭の中に、優衣が見たものを映し出す。

愛している。

そう囁《ささや》いていたルクレティアの、優しい声色までも完璧に再現した。

生まれたばかりとはいえ、魔王である父親の力を受け継いだジェイドは、あのときの光景を覚えているかもしれない。

それでも、母親の願いまでは知ることはなかっただろう。

「……」

ジェイドの瞳から涙が零《こぼ》れ落《お》ちる。

それはとても無垢《むく》で、美しい涙だった。

優衣は黙って彼を抱きしめた。

彼の孤独だった時間もすべて愛で埋めたいと願いながら。

やがてジェイドは優衣の手を握ったまま、それでも視線を優衣から少し離して、静かに問う。

「争いのない世界で生まれたお前が、俺のためにこの世界に留《とど》まるというのか」

「ええ。私があなたを守るわ。そして誰よりもあなたを愛している。この世界で、一緒に生きていきましょう」

笑顔を向けると、ジェイドが眩《まぶ》しいものを見つめるように目を細めた。

目を閉じれば、望んだとおりに優しいキスが唇に触れる。

初めてのキスは、別れの痛みが伴っていた。

どんなに愛しても、一緒に生きることはできない。互いにそう思っていたからこそ、刹那的な愛だった。

でもこのキスは、蕩《とろ》けるほど幸せを与えてくれる。
愛している。
そして、もう二度と離れることはない。
そう思うと胸が痛くなるほどの幸福感が押し寄せた。
ジェイドの腕が背中に回り、強く抱きしめる。
触れた体温が愛《いと》しい。
そっと胸に頬を寄せれば、確かな鼓動が聞こえてくる。
彼が生きている証《あかし》。
もう少しで失うところだった、大切な存在。
彼を守るための力を得たことが嬉《うれ》しい。
「ジェイド」
そっと名前を呼ぶと、もう一度唇を塞がれる。
今度は前よりも深く、吐息さえ奪うように激しく。
それなのに、髪を撫《な》でる手はどこまでも優しい。
「優衣、愛している。もう二度と離さないから、覚悟しろ」
甘い束縛に、優衣は微笑《ほほえ》む。
「大丈夫。絶対に離れないから」
孤独だった時間を思い出せなくなるくらい、愛すると決めていた。

それから優衣とジェイド、そしてルシェーとティラは、魔王城で暮らし始めた。

彼の父は魔王だったが、魔族を統一する意思はなかったようだ。そんな魔王が六百年も生きていたのだから、魔族は統率が取れずに無法地帯になっている。

魔族は今、絶対的なリーダーがおらず、大陸中に散らばって好きに暮らしている。そんな魔族と人間が共存するには、魔族の国を作る必要がある。ジェイドはそれを統一し、人間達のように魔族の国を作ろうと考えていた。

これからジェイドが目指す道は、なかなか大変なものだ。

ここまで関係がこじれてしまった魔族と人間が、今さら仲良くできるはずがない。

しかもジェイドは魔王の力と記憶を受け継いでいるとはいえ、母親は人間。魔族の中にはそのことを侮り、反旗を翻す者もいるだろう。

さらに人間側も、トップにいるのはあまり良《い》い人たちとはいえない。

ティーヌ王国は守護者が永遠に失われたことを公表せず、ひたすら隠しているようだ。

また別の呪法を生み出すのではないかと、ジェイドは警戒している。

大陸中を回り、ティーヌ王国よりも魔族に対して敵意を持っていない国を探して、少しずつ話し合いもしていきたいと言っていた。

だがそれも、まず彼が名実ともに魔王になることが必要となる。

しばらくは魔族相手の戦いが続くだろう。

それでも今のジェイドの傍《そば》には、優衣がいる。

優衣の守護魔法は強力で、生半可な攻撃では彼に触れることもできない。

あれから彼は一度も傷付かず、魔力弊害にも悩まされていなかった。

そうなればもう、父親譲りの魔力で無双状態だ。

魔族統一も、案外簡単かもしれない。

ジェイドは今日もまた、魔王の力を狙って襲ってきた魔族の男と戦っている。

「その程度の力で俺に挑むか。まったく面倒な。身の程知らずめ。さっさと立ち去れ」

綺麗《きれい》な顔で毒を吐く姿も、面倒だと溜息《ためいき》をつく姿も、出会ったときと変わらない。

物陰に隠れて戦いを見守っていた優衣は、思わず笑った。

ある意味、あれがジェイドの真の姿だ。

優衣の両隣には、ルシエーとティラがいる。

ふたりは、ジェイドが傍にいないときは優衣から離れるなと厳命されていた。

「私なら大丈夫だよ。ふたりとも忙しいでしょう？」

魔力弊害から解放されたジェイドは強く、優衣の守護魔法も圧倒的だ。

治癒魔法の出番などほとんどない今、ただこうして見守っているだけなので護衛は必要ない。そう伝えたが、ふたりは首を振る。

「私は『誓約』していますので、優衣様の傍を離れることはできません」

「僕も、ジェイドが怖いから優衣から離れられないよ」

「……そ、そう」

何だかジェイドはすっかり過保護になってしまって、けっして優衣をひとりにしない。しかも他の魔族に姿を見られないようにと、魔王城の外では常にフードのついたローブを着なくてはならない。

「せめてこれ、脱ぎたいなぁ」

「駄目だ」

いつの間にかジェイドの腕に抱きしめられていて、優衣は驚いて顔を上げる。

「あれ、ジェイド。戦っていた魔族は？」

「もう帰った」

「そう？」

その「かえった」が、土にではないことを祈るだけだ。

ちなみにジェイドが戻ると、ルシェーとティラはすぐにいなくなる。そうするように、言われているらしい。

なかなか我儘《わがまま》な魔王である。

「ローブ、脱いだら駄目なの？」

「当たり前だ。優衣は魔族好みの容姿をしていると言っただろう。誰にも見せるものか。俺のものだ」

腕の中に閉じ込めるように抱きしめられ、思わず笑みが浮かぶ。

束縛も独占欲も、ジェイドが愛してくれる証拠だ。

それを嬉しいと思っている。

もちろん優衣もジェイドを独占したい。

彼の傍にいることを許せる女性は、自分の他には忠実な部下であるティラだけだ。

「うん。私もジェイド以外に見られたくないわ」

甘えるように胸に頬を寄せると、額に唇が押し当てられる。

それが不満で、優衣は顔を上げた。

目を閉じるとすぐに、優しいキス。

幸福感が胸を満たしていく。

「ティーヌ王国では、まだジェイドを捜しているみたい」

優衣は異世界人なので、あまり重要視されていないようだ。

もう二度と守護者を得られないあの国では、今でも呪法を生み出すための実験が続けられている。もちろんジェイドも優衣も、それを許す気はない。

「そうか。あの国が歪《ゆが》めた事実を、そろそろ正す必要があるな」

ジェイドの両親は憎しみ合っていたのではなく、深く愛し合っていた。さらに彼がそのふたりの子どもであること。ふたりが何を願い、それをジェイドに託したのかを、広く知らしめる必要がある。

「そうね。ふたりはあんなに愛し合っていたもの」

まだまだ先は長いかもしれない。

半分は魔族であるジェイドと、巨大な魔力を受け継いだ優衣は、自分達の寿命が普通の人間とは異なってしまったことに気が付いていた。

力を得たことによる思わぬ副作用に驚いたけれど、ジェイドをひとりにするわけにはいかないから、これでよかったと思っている。

ただ魔力を使いすぎると彼の母のようになってしまうからと、よほどのことがないと魔法を使わせてくれないのは困ったものだ。

でも、時間はたっぷりある。

少しずつでも、目標に向かって進めたらそれでいい。

ふたりで生きていく道は、これから途切れることなく続いていく。

その果てがどうなるのか、今はまだわからない。志半ばで尽き果てる可能性だってある。

何もかもが思い通りに動くとは、さすがに思っていなかった。

でも愛する人の傍で生きるのだから、後悔することだけはけっしてないだろう。

ジェイドの深い藍色の瞳に見つめられている。

それに気が付いて、優衣は花のように微笑んだ。

あとがき

こんにちは。櫻《さくら》井《い》みことです。

この度は、『私を召喚した（無駄に美形な）イジワル魔導師に、いつのまにか溺愛されているのですが!?』をお手に取っていただき、ありがとうございました。

レーベルで二冊目の本を発行していただくことができて、歓喜しております。

これもすべて、いつも読んでくださっている皆様のお陰です。

本当にありがとうございます！

この小説を書いたのは、少し前のことなのですが、タイトルがなかなか決まらず、書きながら何度も変更していました。

いつもはタイトルから先に決める私には、珍しいことです。

最終的にこのタイトルになりましたが、いつもの私が書くものとは少し違う感じで、気に入っています。

そんな小説に、素晴らしいイラストを描いてくださったのが、samo*cha 先生です。

優衣は可憐で、ジェイドもタイトル通りの美形に描いていただきました。

表紙の美しさに釣られて、手に取ってくださった方もたくさんいらっしゃったのではないかと思います。

カラーイラストはもちろん、本文中にある挿絵もとても素晴らしいので、ぜひご覧くださいませ。

samo*cha先生、ありがとうございました。

コミカライズも連載中となっております。作画を担当してくださっているのは、薊《あざみ》マスラオ先生です。

こちらの優衣もとても可愛らしく、ジェイドのイジワルっぷりが最高ですので、ぜひご覧ください。

本編はもちろん、おまけ漫画が素晴らしくて、おすすめです。

そして、担当していただいた編集者様。

今回も大変お世話になりました。

お忙しい中、いつも優しく接していただいて、励みになり、たくさん勉強させていただきました。ありがとうございました。

最後に、Ｗｅｂで小説を読んでくださっている皆様。書籍を手に取ってくださった皆様。

本当にありがとうございます。

皆様のお陰で、こうして書籍を出していただくことができました。

これからも精一杯頑張って参りますので、どうぞよろしくお願いいたします。

櫻井みこと

私を召喚した（無駄に美形な）イジワル魔導師に、いつのまにか溺愛されているのですが⁉
［漫画］薊マスラオ
［原作］櫻井みこと
［キャラクター原案］samo*cha
コミカライズ好評連載中！

Kラノベブックスf

私《わたし》を召《しょう》喚《かん》した（無《む》駄《だ》に美《び》形《けい》な）イジワル魔《ま》導《どう》師《し》に、いつのまにか溺《でき》愛《あい》されているのですが!?

櫻《さくら》井《い》みこと

2024年1月31日第1刷発行

発行者	森田浩章
発行所	株式会社 講談社 〒112-8001　東京都文京区音羽2-12-21
電　話	出版　(03)5395-3715 販売　(03)5395-3605 業務　(03)5395-3603
デザイン	たにごめかぶと（ムシカゴグラフィクス）
本文データ制作	講談社デジタル製作
印刷所	株式会社KPSプロダクツ
製本所	株式会社フォーネット社

KODANSHA

ISBN978-4-06-533578-9　N.D.C.913　275p　19cm
定価はカバーに表示してあります

ファンレター、
作品のご感想を
お待ちしています。

あて先　〒112-8001　東京都文京区音羽2-12-21
(株) 講談社　ライトノベル出版部 気付
「櫻井みこと先生」係
「samo*cha先生」係